Wang Zengqi

Selected Works

《汪曾祺别集》编辑委员会

顾问：汪　明　汪　朝
主编：汪　朗
编委：苏　北　龙　冬　顾建平　徐　强
　　　陶庆梅　杨　早　凌云岚　王树兴
　　　宋丽丽　汪　卉　齐　方　李建新

汪曾祺别集

汪 朗 主编

鸡毛集

杨 早 编

浙江文艺出版社

作者,一九四七年五月在上海

一九四八年冬,作者与夫人施松卿

《邂逅集》初版本书影

作者绘,题"昆明近日楼花市康乃馨与青菜等价"

出版说明

二〇二〇年是作家汪曾祺先生诞辰一百周年。为纪念汪先生,我们编选了这套《汪曾祺别集》。

汪曾祺的老师沈从文先生辞世后,家属借岳麓书社提议出版沈先生作品的机会,与吉首大学沈从文研究室合作,编选了一套二十册袖珍本集子,并根据汪曾祺先生的建议,定名为《沈从文别集》。这套选本款式朴素大方,编选方面的特别处在于,除了旧作,每本书前面增加了一些杂感、日记、检查、书信,以帮助读者更全面地理解作者和他的作品。

《汪曾祺别集》即参照《沈从文别集》的体例,从目前所见的汪曾祺全部作品中精选出二十册小书,在纪念汪先生的同时,向沈先生致敬。

本书大致依体裁、主题分集,希望在编辑、校订方面尽可能精审,遵循的基本原则如下:

一、以初版本或作者改订本为底本,参校以初刊本,作者手稿、手校本。不论所据底本为何种形式,全书统一为简体横排,标点符号统一为新式标点。

二、底本误植处,据校本或上下文可明确推断所误为何,由编者径改;底本与他本相抵牾而无法判断者一仍其旧。

三、可见作者习惯的异体字不做改动;通假字,侧重记音的方言用字,象声词,及外国人名、地名译法,仍存旧貌;意义完全相同的同一字,及同一人、地、物名,在同一篇内保持一致。

四、在早期作品中,作者习惯使用或现代文学创作中尚不规范的"的"、"地"、"得"、"做"、"作"、"那"、"哪"等词用法,不强做规范处理。

五、全书中的数字,除特殊情况外,统一为中文数字形式。

六、题注、收信人简介以仿宋体排于篇首页页下。正文中作者原注和编者注均以脚注形式标在当页。作者原注排为宋体;编者所做的必要注释以"编者注"字样标出,排为仿宋体。

七、独立成段的引文统一使用仿宋体,另行起排,段首缩进两字。

八、每篇文章的题注以脚注形式标在篇首页,排为仿宋体。所注信息包括初次发表时间、报刊名(初刊),初版图书名(初收)等。涉及的初版图书包括以下版本:

《邂逅集》,文化生活出版社一九四九年四月版;

《羊舍的夜晚》,中国少年儿童出版社一九六三年一月版;

《汪曾祺短篇小说选》,北京出版社一九八二年二月版;

《晚饭花集》,人民文学出版社一九八五年三月版;

《汪曾祺自选集》,漓江出版社一九八七年十月版;

《晚翠文谈》,浙江文艺出版社一九八八年三月版;

《茱萸集》,联合文学出版社一九八八年九月版;

《蒲桥集》,作家出版社一九八九年三月版;

《旅食集》,广东旅游出版社一九九二年四月版;

《世界历史名人画传·释迦牟尼》,江苏教育出版社一九九二年七月版;

《汪曾祺小品》,中国人民大学出版社一九九二年十月版;

《中国当代作家选集丛书·汪曾祺》,人民文学出版社一九九二年十二月版;

《汪曾祺散文随笔选集》，沈阳出版社一九九三年六月版；

《菰蒲深处》，浙江文艺出版社一九九三年六月版；

《榆树村杂记》，中国华侨出版社一九九三年九月版；

《草花集》，成都出版社一九九三年九月版；

《汪曾祺文集》（五卷），江苏文艺出版社一九九三年九月版；

《塔上随笔》，群众出版社一九九三年十一月版；

《中国当代名人随笔·汪曾祺卷》，陕西人民出版社一九九三年十二月版；

《矮纸集》，长江文艺出版社一九九六年三月版；

《逝水》，中国青年出版社一九九六年三月版；

《独坐小品》，宁夏人民出版社一九九六年十一月版；

《去年属马》，北京燕山出版社一九九七年八月版；

《中国当代才子书·汪曾祺卷》，长江文艺出版社一九九七年九月版；

《汪曾祺全集》（八卷），北京师范大学出版社一九九八年八月版；

《汪曾祺全集》（十二卷），人民文学出版社二〇一九年一月版。

题注中只列上述书名，不另标注出版时间和出版社名；

《汪曾祺全集》以"北师大版"和"人民文学版"作为区分。

虽已竭尽全力，本书仍可能存在各种问题，期待读者诸君批评指谬。

《汪曾祺别集》编辑委员会
二〇一九年十二月六日

总　序

别集，本来是汪曾祺为老师沈从文的一套书踅摸出的名字，如今用到了他的作品集上。这大概是老头儿生前没想到的。

沈先生的夫人张兆和在《沈从文别集》总序中说："从文生前，曾有过这样愿望，想把自己的作品好好选一下，印一套袖珍本小册子。不在于如何精美漂亮，不在于如何豪华考究，只要字迹清楚，款式朴素大方，看起来舒服。本子小，便于收藏携带，尤其便于翻阅。"这番话，用来描述《汪曾祺别集》的出版宗旨，也十分合适。简单轻便，宜于阅读，是这套书想要达到的目的。当然，最好还能精致一点。

这套书既然叫别集，似乎总得找出点有"别"于"他集"的地方。想来想去，此书之"别"大约有三：

一是文字总量有点儿不上不下。这套书计划出二十本，约二百万字。比起市面上常见的汪曾祺作品选集，字数要多出不少，收录文章数量自然也多，而且小说、散文、文学评论、剧本、书信等各种体裁作品全有，可以比较全面地反映他的创作风格。若是和人民文学出版社新近出版的《汪曾祺全集》相比，《别集》字数又要少许多。《全集》有十二卷，约四百万字，是《别集》的两倍，还收录了许多老头儿未曾结集出版的文章。不过，《全集》因为收文要全，也有不利之处，就是一些文章的内容有重复，特别是老头儿谈文学创作体会的文章。汪曾祺本不是文艺理论家，但出名之后经常要四处瞎白话儿，车轱辘话来回说，最后都收进了《全集》。这也是没办法的事情。《别集》则可以对文章进行筛选，内容会更精当些。就像一篮子菜，择去一部分，品质总归会好一点儿。

二是编排有点儿不伦不类。这套书在每一本的最前面，大都要刊登老头儿几篇与本书有点儿关联的文章，有书信，有序跋，还有他被打成右派的"罪证"和下放劳动时写的思想汇报。在正文之前添加这些"零碎儿"，可以让读者从多个角度了解汪曾祺其文其人。这种方式算不得独创，《沈从文别集》就是这么编排的，只是一般书很少这么做。也算是一别吧。

再有一点，是编者有点儿良莠不齐。这套书的主持者，以五十岁左右的中年人居多，他们大都对汪曾祺的作品有着深入了解，也编过他的作品集。有的当年常和老头儿一起喝酒聊天，把家里存的好酒都喝得差不多了；有的是专攻现当代文学的博士；有的被评为"第一汪迷"；有的参加过《汪曾祺全集》的编辑；有的对他的戏剧创作有专门研究……这些人能够聚在一起编《汪曾祺别集》，质量当然有保证。其中也有跟着混的，北京话叫"塔儿哄"，就是汪曾祺的孙女和外孙女。她们对老头儿的作品虽然有所了解，但是独立编书还差点儿火候。好在大事都有专家把控，她们挂个名，跟着敲敲边鼓，不至于影响《别集》的质量。

这套《汪曾祺别集》是好是坏，还要读者说了算。

汪　朗

二〇一九年十月二十五日

目 录

序跋选

《汪曾祺短篇小说选》自序 ——— 1

书信选

致朱德熙 一九八一年六月七日 ——— 4

致吴福辉 一九八七年三月七日 ——— 5

致李国涛 一九八七年八月三日 ——— 7

致解志熙 一九八九年八月十七日 ——— 9

致吴福辉 一九九一年二月二十二日 ——— 12

小说选

复仇 —— 14

老鲁 —— 27

鸡鸭名家 —— 50

艺术家 —— 74

落魄 —— 87

戴车匠 —— 103

囚犯 —— 117

异秉 —— 127

邂逅 —— 141

鸡毛 —— 155

钓人的孩子 —— 168

职业 —— 175

小说三篇 —— 181

日规 —— 198

抽象的杠杆定律 —— 210

故乡无此好湖山 —— 杨早 214

《汪曾祺短篇小说选》自序

近年来有人称我为老作家了,这对我是新鲜事。老则老矣,已经六十一岁;说是作家,则还很不够。我多年来不觉得我是个作家。我写得太少了。

我写小说,是断断续续,一阵一阵的。开始写作的时间倒是颇早的。第一篇作品大约是一九四〇年发表的。那是沈从文先生所开"各体文习作"课上的作业,经沈先生介绍出去的。大学时期所写,都已散失。此集中所收的第一篇《复仇》,可作为那一时期的一个代表,虽然写成时我已经离开大学了。一九四六、四七年在上海,写了一些,编成一本《邂逅集》。此集的前四篇即选自《邂逅集》。这次编集时都作了一些修改,但基本上保留了原貌。解放后长期担

---

* 初收于《汪曾祺短篇小说选》。

任编辑，未写作。一九五七年偶然写了一点散文和散文诗。一九六一年写了《羊舍一夕》。因为少年儿童出版社约我出一个小集子（听说是萧也牧同志所建议），我又接着写了两篇。一九七九年到一九八一年写得多一些，这都是几个老朋友怂恿的结果。没有他们的鼓励、催迫，甚至责备，我也许就不会再写小说了。深情厚谊，良可感念，于此谢之。

我的一些小说不大像小说，或者根本就不是小说。有些只是人物素描。我不善于讲故事。我也不喜欢太像小说的小说，即故事性很强的小说。故事性太强了，我觉得就不大真实。我的初期的小说，只是相当客观地记录对一些人的印象，对我所未见到的，不了解的，不去以意为之作过多的补充。后来稍稍展开一些，有较多的虚构，也有一点点情节。

有人说我的小说跟散文很难区别，是的。我年轻时曾想打破小说、散文和诗的界限。《复仇》就是这种意图的一个实践。后来在形式上排除了诗，不分行了，散文的成分是一直明显地存在着的。所谓散文，即不是直接写人物的部分。不直接写人物的性格、心理、活动。有时只是一点气氛。但我以为气氛即人物。一篇小说要在字里行间都浸透了人物。作品的风格，就是人物性格。

我的小说的另一个特点是：散。这倒是有意为之。我不喜欢布局严谨的小说，主张信马由缰，为文无法。苏轼说：

"大略如行云流水，初无定质；但常行于所当行，常止于所不可不止。文理自然，姿态横生"(《答谢民师书》)；又说："吾文如万斛泉源，不择地而出，在平地滔滔汩汩，虽一日千里无难。及其与山石曲折，随物赋形而不可知也"(《文说》)。虽不能至，心向往之。

我的小说的题材，大都是不期然而遇，因此我把第一个集子定名为"邂逅"。因此，我的创作无计划可言。今后写什么，一点不知道。但如果身体还好，总还能再写一点吧。恐怕也还是断断续续，一阵一阵的。

是为序。

一九八一年四月二十二日

致朱德熙[1]　一九八一年六月七日

德熙：

我想来看看你。写了一篇反映联大生活的小说，题曰《鸡毛》，想让你审查一下。这小说写的是一个叫做文嫂的女人养的鸡被一个联大学生偷去杀了吃掉了。这偷鸡的学生有一段韵事：曾经给一个女同学写了情书，附金戒指一枚。这女同学把他的情书公布了，把金戒指也钉在布告栏内展览。这件事是实事，联大很多人知道。我怕小说发表后，为此公所见，会引起麻烦。但是，听说你到密云去出试题了，而索稿者又催迫甚急，只好匆忙寄出，文责自负了。很可惜，此小说没有让你和孔敬、朱襄先看看。小说写得很逗，一定会让你们大笑一场的。且等发表了再让你们看吧。

巫宁坤来信，说有一个教语文的刘融忱老师，有些问题要来向你请教，他让我写一介绍信，我不得不写。刘老师五十多岁，女。她会持介绍信来敲你的门的。

我两三日内可能要到承德去。《人民文学》约请一些"重点作家"到避暑山庄去住个把月，我拟同意。北京热得如

---

[1]　朱德熙（一九二〇—一九九二），江苏苏州人，古文字学家、语言学家、教育家。作者西南联大时期同学。先后在清华大学、昆明中法大学、北京大学担任教职；在北京大学，历任中文系副主任、副校长兼研究生院院长。

此，避一避也好。去了，也许会写一个中篇历史小说《汉武帝》的初稿，为吴宏聪写一点有关沈公小说的札记。

即候

暑安！

曾祺顿首

六月七日

致吴福辉[1] 一九八七年三月七日

吴福辉同志：

大札谨悉。

把四六年《文学杂志》复刊作为三十年代京派的复出，我看也可以，但不一定十分准确。在这个刊物上发表作品的有些并非在京的作家，这个杂志的"派"的色彩不那么鲜明。投稿的人也并无比较一致和接近的文学主张。把我算在"京派"里也行吧。严家炎先生就有类似意见，曾当面和我谈过，我没有反对。不过我后来还写作品，近年写得尤较多，

---

[1] 吴福辉，一九三九年生，浙江镇海人，学者，曾任中国现代文学馆副馆长、《中国现代文学研究丛刊》主编。

那么我现在的作品还算不算是京派或京派的延续呢?我看谈现代文学还是以一些突出的作家为主干,把一些受过某重要作家影响的较次要的作家放在写此重要作家的章节中讲,比较圆通。比如把我放在沈从文的一章去讲,问题就较易说明。不过治现代文学史的同志总爱以派为纲,严先生的书且即名为"流派文学史",那么听随你们吧。把我安插在哪里都行。其实现代文学史最好不要提我,因为我不但还活着而且还在写着,不能"论定"。

您所编《现代小说集》中所选的《戴车匠》和《异秉》不知是从哪本书刊里选的。这两篇东西曾于《文学杂志》发表,近年我都重新写过了。《戴车匠》是据《邂逅集》所收的重写的,《异秉》是在没有旧稿的情况下根据记忆重写的。我自己自然对改写的比较满意。不过您要是从史的角度,选用旧作,也可以。我把重写的《戴车匠》另函寄给您。重写的《异秉》在《汪曾祺短篇小说选》里有。小说选签名本寄到后,您就能看到。(《晚饭花集》不知道你们有了没有,也送一本吧。)

《老鲁》、《鸡鸭名家》最初发表于何刊物,卷期、年月,我都不记得了。

解放前我发表作品的报刊有《文艺复兴》、《文艺春秋》、《文学杂志》、《大公报》。近年作品多发表于《北京文学》、

《人民文学》、《收获》。

邢楚均大概是邢庆澜,原在南开大学。林蒲现在在美国,他的情况和通讯处可问沈从文先生的夫人张兆和。匆复,即候

文安!

汪曾祺

三月七日

致李国涛[1] 一九八七年八月三日

国涛同志:

你的文章在《文学评论》上发表,是一个加拿大人杜迈克告诉我的。前天托人买来了一本,看了。

谢谢你的文章。我看了之后,直觉得有些害怕。一个人不被人了解,未免寂寞。被人过于了解,则是可怕的事。我宁可对人躲得稍远一些。我知道,你说的是我。我是这样。

---

[1] 李国涛(一九三〇—二〇一七),江苏徐州人,曾任山西省哲学社会科学研究所《学术通讯》编辑、《汾水》编辑部副主任、《山西文学》杂志主编。

可怕的是你是就我自己说过的一些论点深究的。我赖也赖不掉。我的这些论点本来散见在几篇序跋中,而且只是小声的偶语,不大会引人注意。你现在把这些偶语集中起来,这就几乎把我的全貌勾画出来了,而且发出颇大的声音。这就麻烦了。麻烦之一,是会引起文艺官员比较认真地想一下:这汪曾祺到底是怎么回事?我"这回事"是他们不愿肯定的。这倒也不要紧。我既然说了那样的话,就只能不顾及官员们的感情。真觉得麻烦的,还是怕被人"甚解"。你的文章是一篇好文章。在所有评论我的文章中是最好的一篇。我的儿媳问我:"爸,这人是不是把您捉摸透了?"我说:"是的。"

这篇文章会产生一个好影响:让那些学我的人知道我是怎么回事,免得他们只是表面地摹仿,"似我者死"。——我很不愿意别人"学"我。一个人的气质是学不来的。

《职业》我自己是很喜欢的。但读者多感觉不到这篇小说里的沉痛。杜迈克想翻译我的小说,我本想自荐这一篇,但这无法译为英语。

我的评论文章已结为一本《晚翠文谈》,由浙江文艺出版社出,已看过二校,大概要到明年才能见到书。书出,当寄奉一册。

你是不是在《山西文学》工作?见李锐,望代致候。

我月底要到美国去(应聂华苓"国际写作计划"之邀)。

同行者，古华。顺告。十二月中回来。

即候　著安！

汪曾祺

八月三日

致解志熙[1]　一九八九年八月十七日

志熙同学：

北京市作协前几天才把你的信转给我，迟复为歉。

《邂逅集》我原有一本（"文革"中是为了准备自我批判保留下来的），但不知塞在哪里，找了一天没有找着。什么时候找出来，即告诉你。我四十年代所写小说除了《邂逅集》及你提及的几篇，还有一些，如《待车》、《绿猫》等等，但都未保存。这些东西都不值得一看，你也不必费事去找。

所问问题条答如下：

1. 我读阿左林、纪德等人的作品都是翻译的。纪德的作品我比较喜欢《田园交响乐》和《纳蕤思解说》。纪德把沉

---

[1] 解志熙，一九六一年生，甘肃环县人，现任清华大学中文系教授，硕士生、博士生导师。时在北京大学中文系读博士学位。

思和抒情结合得那样好，这对我是有影响的。但是有什么具体的影响，很难说。阿左林是个超俗的作家，"阿左林是古怪的"，我欣赏这种古怪。他的小说是静静的溪流。他对于世界的静观态度和用写散文的方法写小说，对我有很大影响。

2．萨特在四十年代已经介绍进来，但只是一些零篇的文章和很薄的小册子，他的重要作品没有翻译。当时只是少数大学生（比如中法大学的学生）当着一种时髦的思潮在谈论，大家不太了解"存在主义"的真义。关于萨特在四十年代译介的情况可问问陈占元教授（北大西语系，已退休），他当时在大后方，本人似即曾为文介绍过萨特。

3．关于作者的态度，这问题比较复杂。我不喜欢在作品里喊叫。我当时只有二十几岁，没有比较成熟的思想。我对生活感到茫然，不知道如何是好。这种情绪在《落魄》中表现得比较充分。小说中对那位扬州人的厌恶也是我对自己的厌恶。这一些也许和西方现代派有点相像。现代派的一个特点，是不知如何是好。使我没有沦为颓废的，是一点朴素的人道主义，对人的关心，乃至悲悯。这在《老鲁》、《鸡鸭名家》及较晚发表的《异秉》里都有所表现。

4．我确是受过废名很大的影响。在创作方法上，与其说我受沈从文的影响较大，不如说受废名的影响更深。

5."京派"是个含糊不清的概念。当时提"京派"是和"海派"相对立的。严家炎先生写"流派文学史"时征求过我的意见,说把我算作最后的"京派",问我同意不同意,我笑笑说:"可以吧。"但从文学主张、文学方法上说,"京派"实无共同特点。如果说在北京的作家而能形成流派的,我以为是废名和林徽音。我和沈先生的师承关系是有些被夸大了。一个作家的作品是不可能写得很"像"一个前辈作家的。至于你所说我和沈先生的差异,可能是因为沈先生在四十年代几乎已经走完了他的文学道路,而我在四十年代才起步;沈先生读的十九世纪作品较多,而我则读了一些西方现代派的作品。我的感觉——生活感觉和语言感觉,和沈先生是不大一样的。

以上答复不知对你有没有一点帮助。

希望你的论文不要受我的看法的影响。你可以任意发挥。又,我希望你的论文在我的作品上不要花费太多笔墨,我对少作,是感到羞愧的。

即候

文祺

汪曾祺 八月十七日

致吴福辉　一九九一年二月二十二日

吴福辉同志：

今天收到人民文学出版社王培元同志寄来《京派小说选》两册。前些时出版社曾寄来稿费，亦已妥收，请转告出版社，并致谢意。

我觉得这本书编得很好。所选各篇不是各家的代表作，而是取其能体现"京派"特点者，这是很有眼力的。前言写得极好，客观公允，而且精到。"京派"这一概念能否确立，有人是有怀疑的。我对这个概念也是模模糊糊的。严家炎在写流派文学史时把我算作最后的京派，征求过我的意见，我说：可以吧。但心里颇有些惶惑。读了你的前言，才对京派这个概念所包含的内容有一个清晰的理解。才肯定"京派"确实是一个派。这些作家虽然并无组织上的联系，有一些甚至彼此之间从未谋面，但他们在写作态度上和艺术追求上确有共同的东西。因此，我觉得这个选集的出版很有必要。一，可以使年轻的作家和读者知道：中国还有过这样一些作家写过这样的一些作品（集中有些作品我都未读到过），使他得到一点理解和借鉴；二，可供写现代文学史的专家参考，使他们排除偏见，能准确、全面地反映出中国现代文学发展的面貌。你做了一件很有意义的好事，我为此很兴奋，感谢你。

我想买二十本选集,好送青年作家,你能否问问出版社,在什么地方或通过什么途径可以买到。

这本书印数太少了!我觉得可以拿到台湾、香港去出一下。

你写的前言大可在出书之前先发表一下。出书之后,仍可找地方发表一下。

你编这本书做了大量的准备工作,首先要形成自己的卓识、定见,其次是取舍有只眼。又阅读了很多篇初版原始材料。这不是一般编辑所能做到的。严谨如此,深可佩服,谢谢,谢谢!

即候 著安!

汪曾祺
二月二十二日

复 仇

复仇者不折镆干。虽有忮心,不怨飘瓦。

——庄子

一枝素烛,半罐野蜂蜜。他的眼睛现在看不见蜜。蜜在罐里,他坐在榻上。但他充满了蜜的感觉,浓,稠。他嗓子里并不泛出酸味。他的胃口很好。他一生没有呕吐过几回。一生,一生该是多久呀?我这是一生了么?没有关系,这是个很普通的口头语。谁都说:"我这一生……"。就像那和尚吧,——和尚一定是常常吃这种野蜂蜜。他的眼睛眯了眯,因为烛火跳,跳着一堆影子。他笑了一下:他心里对和尚

---

* 初刊于《文艺复兴》一九四六年第一卷第四期,初收于《邂逅集》。此据《汪曾祺短篇小说选》所收作者修改本排印,文后写作时间为作者修改时所注,初刊本文后注为"廿九年初稿,卅四年底重写,卅五年一月又重写"。

有了一个称呼,"蜂蜜和尚"。这也难怪,因为蜂蜜、和尚,后面隐了"一生"两个字。明天辞行的时候,我当真叫他一声,他会怎么样呢?和尚倒有了一个称呼了。我呢?他会称呼我什么?该不是"宝剑客人"吧(他看到和尚一眼就看到他的剑)。这蜂蜜——他想起来的时候一路听见蜜蜂叫。是的,有蜜蜂。蜜蜂真不少(叫得一座山都浮动了起来)。现在,残余的声音还在他的耳朵里。从这里开始了我今天的晚上,而明天又从这里接连下去。人生真是说不清。他忽然觉得这是秋天,从蜜蜂的声音里。从声音里他感到一身轻爽。不错,普天下此刻写满了一个"秋"。他想象和尚去找蜂蜜。一大片山花。和尚站在一片花的前面,实在是好看极了。和尚摘花。大殿上的铜钵里有花,开得真好,冉冉的,像是从钵里升起一蓬雾。他喜欢这个和尚。

和尚出去了。单举着一只手,后退了几步,既不拘礼,又似有情。和尚你一定是自自然然地行了无数次这样的礼了。和尚放下蜡烛,说了几句话,不外是庙宇偏僻,没有什么可以招待;山高,风大气候凉,早早安息。和尚不说,他也听见。和尚说了,他可没有听。他尽着看这和尚。他起身为礼,和尚飘然而去。双袖飘飘,像一只大蝴蝶。

他在心里画不出和尚的样子。他想和尚如果不是把头剃光,他该有一头多好的白发。一头亮亮的白发在他的心里闪耀着。

白发的和尚呀。

他是想起了他的白了发的母亲。

山里的夜来得真快！日入群动息，真是静极了。他一路走来，就觉得一片安静。可是山里和路上迥然不同。他走进小山村，小蒙舍里有孩子读书声，马的铃铛，连枷敲在豆秸上。小路上的新牛粪发散着热气，白云从草垛边缓缓移过，一个梳辫子的小姑娘穿着一件银红色的衫子……可是原来描写着静的，现在全表示着动。他甚至想过自己作一个货郎来给这个山村添加一点声音的，这一会可不能在这万山之间泼朗朗摇他的小鼓。

货郎的泼朗鼓在小石桥前摇，那是他的家。他知道，他想的是他的母亲。而投在母亲的线条里着了色的忽然又是他的妹妹。他真愿意有那么一个妹妹，像他在这个山村里刚才见到的。穿着银红色的衫子，在门前井边打水。青石的井栏。井边一架小红花。她想摘一朵，听见母亲纺车声音，觉得该回家了，天不早了，就说："我明天一早来摘你。你在那儿，我记得！"她可以给旅行人指路："山上有个庙，庙里和尚好，你可以去借宿。"小姑娘和旅行人都走了，剩下一口井。他们走了一会，井栏上的余滴还丁丁咚咚地落回井里。村边的大乌桕树黑黑的。夜开始向它合过来。磨麦子的石碾呼呼的声音停止在一点上。

想起这个妹妹时,他母亲是一头乌青的头发。他多愿意摘一朵红花给母亲戴上。可是他从来没见过母亲戴过一朵花。就是这一朵没有戴上的花决定了他的命运。

母亲呀,我没有看见你的老。

于是他的母亲有一付年轻的眉眼而戴了一头白发。多少年来这一头白发在他心里亮。

他真愿意有那么一个妹妹。

可是他没有妹妹,他没有!

他的现在,母亲的过去。母亲在时间里停留。她还是那样年轻,就像那个摘花的小姑娘,像他的妹妹。他可是老多了,他的脸上刻了很多岁月。

他在相似的风景里做了不同的人物。风景不殊,他改变风景多少?现在他在山上,在许多山里的一座小庙里,许多小庙里的一个小小的禅房里。

多少日子以来,他向上,又向上;升高,降低一点,又升得更高。他爬的山太多了。山越来越高,山头和山头挤得越来越紧。路越来越小,也越来越模糊。他仿佛看到自己,一个小小的人,向前倾侧着身体,一步一步,在苍青赭赤之间的一条微微的白道上走。低头,又抬头。看看天,又看看路。路像一条长线,无穷无尽地向前面画过去。云过来，他在影子里；云过去，他亮了。他的衣裾上沾了蒲公英的绒絮，他带它们到远方去。有时一开眼，一只鹰横掠过他的视野。山把所有的变化都留在身上，于是显得亘古不变。他想：山呀，你们走得越来越快，我可是只能一个劲地这样走。及至走进那个村子，他向上一看，决定上山借宿一宵，明天该折回去了。这是一条线的尽头了，再往前没有路了。

　　他阖了一会眼。他几乎睡着了，几乎做了一个梦。青苔的气味，干草的气味。风化的石头在他的身下酥裂，发出声音，且发出气味。小草的叶子窸窣弹了一下，蹦出了一个蚱蜢。从很远的地方飘来一根鸟毛，近了，更近了，终于为一根枸杞截住。他断定这是一根黑色的。一块卵石从山顶滚下去，滚下去，滚下去，落进山下的深潭里。从极低的地方传来一声牛鸣。反刍的声音（牛的下巴磨动，淡红色的舌头），升上来，为一阵风卷走了。虫蛀着老楝树，一片叶子尝到了苦味，它打了一个寒噤。一个松球裂开了，寒气伸入了鳞瓣。鱼呀，活在多高的水里，你还是不睡？再见，青苔的阴湿；再见，干草的松软；再见，你硌在胛骨下抵出一块酸的石头。老和尚敲磬。现在，旅行人要睡了，放松他的眉头，散开嘴边的纹，解开脸上的结，让肩膊平摊，腿脚舒展。

　　烛火什么时候灭了。是他吹熄的？

他包在无边的夜的中心,像一枚果仁包在果核里。

老和尚敲着磬。

水上的梦是漂浮的。山里的梦挣扎着飞出去。

他梦见他对着一面壁直的黑暗,他自己也变细,变长。他想超出黑暗,可是黑暗无穷的高,看也看不尽的高呀。他转了一个方向,还是这样。再转,一样。再转,一样。一样,一样,一样是壁直而平,黑暗。他累了,像一根长线似的落在地上。"你软一点,圆一点嘛!"于是黑暗成了一朵莲花。他在莲花的一层又一层瓣子里。他多小呀,他找不到自己了。他贴着黑的莲花作了一次周游。丁——,莲花上出现一颗星,淡绿的,如磷火,旋起旋灭。余光蔼蔼,归于寂无。丁——,又一声。

那是和尚在做晚课,一声一声敲他的磬。他追随,又等待,看看到底多久敲一次。渐渐的,和尚那里敲一声,他心里也敲一声,不前不后,自然应节。"这会儿我若是有一口磬,我也是一个和尚。"佛殿上一盏像是就要熄灭,永不熄灭的灯。冉冉的,钵里的花。一炷香,香烟袅袅,渐渐散失。可是香气透入了一切,无往不在。他很想去看看和尚。

和尚,你想必不寂寞?

客人,你说的寂寞的意思是疲倦?你也许还不疲倦?

客人的手轻轻地触到自己的剑。这口剑,他天天握着,总觉得有一分生疏;到他好像忘了它的时候,方知道是如何之亲切。剑呀,不是你属于我,我其实是属于你的。和尚,你敲磬,谁也不能把你的磬的声音收集起来吧?你的禅房里住过多少客人?我在这里过了我的一夜。我过了各色的夜。我这一夜算在所有的夜的里面,还是把它当做各种夜之外的一个夜呢?好了,太阳一出,就是白天。明天我要走。

太阳晒着港口,把盐味敷到坞边的杨树的叶片上。

海是绿的,腥的。

一只不知名的大果子,有头颅那样大,正在腐烂。

贝壳在沙粒里逐渐变成石灰。

浪花的白沫上飞着一只鸟,仅仅一只。太阳落下去了。

黄昏的光映在多少人的额头上,在他们的额头上涂了一半金。

多少人逼向三角洲的尖端。又转身,分散。

人看远处如烟。

自在烟里,看帆蓬远去。

来了一船瓜,一船颜色和欲望。

一船是石头,比赛着棱角。也许——

一船鸟,一船百合花。

深巷卖杏花。骆驼。

骆驼的铃声在柳烟中摇荡。鸭子叫,一只通红的蜻蜓。惨绿色的雨前的磷火。

一城灯!

嗨,客人!

客人,这仅仅是一夜。

你的饿,你的渴,饿后的饱餐,渴中得饮,一天的疲倦和疲倦的消除,各种床,各种方言,各种疾病,胜于记得,你一一把它们忘却了。你不觉得失望,也没有希望。你经过了哪里,将去到哪里?你,一个小小的人,向前倾侧着身体,在黄青赭赤之间的一条微微的白道上走着。你是否为自己所感动?

"但是我知道我并不想在这里出家!"

他为自己的声音吓了一跳。这座庙有一种什么东西使他不安。他像瞒着自己似的想了想那座佛殿。这和尚好怪!和尚是一个,蒲团是两个。一个蒲团是和尚自己的,那一个呢?佛案上的经卷也有两份。而他现在住的禅房,分明也不是和尚住的。

这间屋,他一进来就有一种特殊的感觉。墙极白,极平,一切都是既方且直,严厉而逼人。而在方与直之中有一件东西就显得非常的圆。不可移动,不可更改。这件东西是黑的。白与黑之间划出分明界限。这是一顶极大的竹笠。笠子本不是这颜色，它发黄，转褐，最后就成了黑的。笠顶有一个宝塔形的铜顶，颜色也发黑了，——一两处锈出了绿花。这顶笠子使旅行人觉得不舒服。什么人戴了这样一顶笠子呢？拔出剑，他走出禅房。

他舞他的剑。

自从他接过这柄剑，从无一天荒废过。不论在荒村野店，驿站邮亭，云碓茅蓬里，废弃的砖瓦窑中，每日晨昏，他都要舞一回剑。每一次对他都是新的刺激，新的体验。他是在舞他自己，他的爱和恨。最高的兴奋，最大的快乐，最汹涌的激情。他沉酣于他的舞弄之中。

把剑收住，他一惊，有人呼吸。

"是我。舞得好剑。"

是和尚！和尚离得好近。我差点没杀了他。

旅行人一身都是力量，一直贯注到指尖。一半骄傲，一半反抗，他大声地喊：

"我要走遍所有的路。"

他看看和尚，和尚的眼睛好亮！他看着这双眼睛里有没有讥刺。和尚如果激怒了他，他会杀了和尚。然而和尚站得稳稳的，并没有为他的声音和神情所撼动，他平平静静，清清朗朗地说：

"很好。有人还要从没有路的地方走过去。"

万山百静之中有一种声音，丁丁然，坚决地，从容地，从一个深深的地方迸出来。

这旅行人是一个遗腹子。父亲被仇人杀了，抬回家来，只剩一口气。父亲用手指蘸着自己的血写下了仇人的名字，就死了。母亲拾起了他留下的剑。剑在旅行人手里。仇人的名字在他的手臂上。到他长到能够得到井边的那架红花的时候，母亲交给他父亲的剑，在他的手臂上刺了父亲的仇人的名字，涂了蓝。他就离开了家，按手臂上那个蓝色的姓名去找那个人，为父亲报仇。

不过他一生中没有叫过一声父亲。他没有听见过自己叫父亲的声音。

父亲和仇人，他一样想不出是什么样子。如果仇人遇见他，倒是会认出来的：小时候村里人都说他长得像父亲。然而他现在连自己是什么样子都不清楚了。

真的，有一天找到那个仇人，他只有一剑把他杀了。他说不出一句话。他跟他说什么呢？想不出，只有不说。

有时候他更愿意自己被仇人杀了。

有时候他对仇人很有好感。

有时候他觉得自己就是那个仇人。既然仇人的名字几乎代替了他自己的名字，他可不是借了那个名字而存在的么？

仇人死了呢?

然而他依然到处查访这个名字。

"你们知道这个人么?"

"不知道。"

"听说过么?"

"没有。"

…………

"但是我一定是要报仇的!"

"我知道,我跟你的距离一天天近了。我走的每一步,都向着你。"

"只要我碰到你,我一定会认出你,一看,就知道是你,不会错!"

"即使我一生找不到你,我这一生是找你的了!"

他为自己这一句的声音掉了泪,为他的悲哀而悲哀了。

天一亮,他跑近一个绝壁。回过头来,他才看见天,苍碧嶙峋,不可抗拒的力量压下来,使他呼吸急促,脸色发青,两股紧贴,汗出如浆。他感觉到他的剑。剑在背上,很重。而从绝壁的里面,从地心里,发出丁丁的声音,坚决而从容。

他走进绝壁。好黑。半天,他什么也看不见。退出来?

不！他像是浸在冰水里。他的眼睛渐渐能看见面前一两尺的地方。他站了一会，调匀了呼吸。丁，一声，一个火花，赤红的。丁，又一个。风从洞口吹进来，吹在他的背上。面前飘来了冷气，不可形容的阴森。咽了一口唾沫，他往里走。他听见自己踅踅足音，这个声音鼓励他，教他走得稳当，不踉跄。越走越窄，他得弓着身子。他直视前面，一个又一个火花爆出来。好了，到了头：

一堆长发。长头发盖着一个人。匍匐着，一手錾子，一手铁锤，低着头，正在开凿膝前的方寸。他一定是听见来人的脚步声了，他不回头，继续开凿。錾子从下向上移动着。一个又一个火花。他的手举起，举起。旅行人看见两只僧衣的袖子。他的披到腰下的长发摇动着。他举起，举起，旅行人看见他的手。这双手！奇瘦，瘦到露骨，都是筋。旅行人后退了一步。和尚回了一下头。一双炽热的眼睛，从披纷的长发后面闪了出来。旅行人木然。举起，举起，火花，火花。再来一个，火花！他差一点晕过去：和尚的手臂上赫然有三个字，针刺的，涂了蓝的，是他的父亲的名字！

一时，他什么也看不见了，只看见那三个字。一笔一画，他在心里描了那三个字。丁，一个火花。随着火花，字跳动一下。时间在洞外飞逝。一卷白云掠过洞口。他简直忘记自己背上的剑了，或者，他自己整个消失，只剩下这口剑了。他缩小，缩小，以至于没有了。然后，又回来，回来，好，他的脸色由青转红，他自己充满于躯体。剑！他拔剑在手。

忽然他相信他的母亲一定已经死了。

铿的一声，

他的剑落回鞘里。第一朵锈。

他看了看脚下，脚下是新开凿的痕迹。在他脚前，摆着另一付锤錾。

他俯身，拾起锤錾。和尚稍为往旁边挪过一点，给他腾出地方。

两滴眼泪闪在庙里白发的和尚的眼睛里。

有一天，两付錾子同时凿在虚空里。第一线由另一面射进来的光。

　　　　　　　　　　　约一九四四年写在昆明黄土坡

老 鲁

去年夏天我们过的那一段日子实在很好玩。我想不起别的恰当的词儿,只有说它好玩。学校四个月发不出薪水,饭也是有一顿没一顿的吃。——这个学校是一个私立中学,是西南联大的同学办的。校长、教务主任、训育主任、事务主任、教员,全部都是联大的同学。有那么几个有"事业心"的好事人物,不知怎么心血来潮,说是咱们办个中学吧,居然就办起来了。基金是靠暑假中演了一暑期话剧卖票筹集起来的。校址是资源委员会的一个废弃的仓库,有那么几排土墼墙的房子。教员都是熟人。到这里来教书,只是因为找不

---

* 初刊于《文艺复兴》一九四七年第三卷第二期,初收于《邂逅集》。此据《汪曾祺短篇小说选》所收作者修改本排印,文后写作时间为作者修改时所注。

到，或懒得找别的工作。这也算是一个可以栖身吃饭的去处。上这儿来，也无须通过什么关系，说一句话，就来了。也还有一张聘书，聘书上写明每月敬奉薪金若干。薪金的来源，是靠从学生那里收来的学杂费。物价飞涨，那几个学杂费早就教那位当校长的同学捣腾得精光了，于是教员们只好枵腹从教。校长天天在外面跑，通过各种关系想法挪借。起先回来还发发空头支票，说是有了办法，哪儿哪儿能弄到多少，什么时候能发一点钱。说了多次，总未兑现。大家不免发牢骚，出怨言。然而生气的是他说谎，至于发不发薪水本身倒还其次。我们已经穷到了极限，再穷下去也不过如此。薪水发下来原也无济于事，顶多能约几个人到城里吃一顿。这个情形，没有在昆明，在我们那个中学教过书的，大概无法明白。好容易学校挨到暑假，没有中途关门。可是一到暑假，我们的日子就更特别了。钱，不用说，毫无指望。我们已好像把这件事忘了。校长能做到的事是给我们零零碎碎的弄一餐两餐米，买二三十斤柴。有时弄不到，就只有断炊。菜呢，对不起，校长实在想不出办法。可是我们不能吃白斋呀！有了，有人在学校荒草之间发现了很多野生的苋菜（这个学校虽有土筑的围墙，墙内照例是不除庭草，跟野地也差不多）。这个菜云南人叫做小米菜，人不吃，大都是摘来喂猪，或是在胡萝卜田的堆锦积绣的丛绿之中留一两棵，到深秋时,在夕阳光中红晶晶的,看着好玩。——昆明的胡萝卜田里几乎都有一两棵通红的苋菜,这是种菜人的超乎功利,纯为观赏的有意安排。学校里的苋菜多肥大而嫩,自己动手去摘,半天可得一大口袋。借一二百元买点油,多加大蒜,爆炒一下,连锅子掇上桌,味道实在极好。能赊得到,有时还能到学校附近小酒店里赊半斤土制烧酒来,大家就着碗轮流大口大口地喝!小米菜虽多,经不起十几个正在盛年的为人师者每天食用,渐渐地,被我们吃光了。于是有人又认出一种野菜,说也可以吃的。这种菜,或不如说这种草更恰当些,枝叶深绿色,如猫耳大小而有缺刻,有小毛如粉,放在舌头上拉拉的。这玩意北方也有,叫做"灰藋菜",也有叫讹了叫成"回回菜"的。按即庄子所说"逃蓬藋者闻人足音则跫然喜"之"藋"也。据一个山东同学说,如果裹了面,和以葱汁蒜泥,蒸了吃,也怪好吃的。可是我们买不起面粉,只有少施油盐如炒苋菜办法炒了吃。味道比起苋菜,可是差远了。还有一种菜,独茎直生,周附柳叶状而较为绵软的叶子,长在墙角阴湿处,如一根脱了毛的鸡毛掸子,也能吃。不知为什么没有尝试过。大概这种很古雅的灰藋菜还足够我们吃一气。学校所在地名观音寺,是一荒村,也没有什么地方可去。时在暑假,我们的眠起居食,皆无定时。早起来,各在屋里看书,或到山上四处走走,看看时间差不多了,就相互招呼去"采薇"了。下午常在校门外不远处一家可欠账的小茶棚中喝茶,看远山近草,车马行人,看一阵大风卷起一股极细的黄土,映在太阳光中如轻霞薄绮,看黄土后面蓝得好像要流下来的天空。到太阳一偏西,例当想法寻找晚饭菜了。晚上无灯,——变不出电灯费教电灯公司把线给铰了,大家把口袋里的存款倒出来,集资买一根蜡烛,会聚在一个未来的学者、教授的屋里,在凌乱的衣物书籍之间各自找一块空间,躺下坐好,天南地北,乱聊一气。或回忆故乡风物,或臧否一代名流,行云流水,不知所从来,也不知向何处去,高谈阔论,聊起来没完,而以一烛为度,烛尽则散。生活过成这样,却也无忧无虑,兴致不浅,而且还读了那么多书!

阿呀,题目是《老鲁》,我一开头就哩哩拉拉扯了这么些闲话干什么?我还没有说得尽兴,但只得打住了。再说多了,不但喧宾夺主,文章不成格局(现在势必如此,已经如此),且亦是不知趣了。

但这些事与老鲁实有些关系,老鲁就是那时候来的。学校弄成那样,大家纷纷求去,真为校长担心,下学期不但请不到教员,即工役校警亦将无人敢来,而老鲁偏在这时会来了。没事在空空落落的学校各处走走,有一天,似乎看见校警们所住的房间热闹起来。看看,似乎多了两个人。想,大概是哪个来了从前队伍上的朋友了（学校校警多是退伍的兵）。到吃晚饭时常听到那边有欢笑的声音。这声音一听即知道是烧酒所翻搅出来的。嗷，这些校警有办法，还招待得起朋友啊？要不，是朋友自己花钱请客，翻作主人？走过门前，有人说："汪老师，来喝一杯"，我只说："你们喝，你们喝"，就过去了，是哪几个人也没有看清。再过几天，我们在挑菜时看见一个光头瘦长个子穿半旧草绿军服的人也在那里低着头掐灰藋菜的嫩头。走过去，他歪了头似笑不笑地笑了一下。这是一种世故，也不失其淳朴。这个"校警的朋友"有五十岁了，额上一抬眉有细而密的皱纹。看他摘菜，极其内行，既迅速且准确。我们之中有一位至今对摘菜还未入门，摘苋菜摘了些野茉莉叶子，摘灰藋菜则更不知道什么麻啦蓟啦的都来了，总要别人再给鉴定一番。有时拣不胜拣，觉得麻烦，就不管三七二十一，花啦一起倒下锅。这样，在摘菜时每天见面，即心仪神往起来，有点熟了。他不时给我们指点指点，说哪些菜吃得，哪些吃不得。照他说，可吃的简直太多了。这人是一部活的《救荒本草》！他打着一嘴山东话，说话神情和所用字眼都很有趣。

后来不但是蔬菜，即荤菜亦能随地找得到了。这大概可以说是老鲁的发明。——说"发明"，不对，该说什么呢？在我看，那简直就是发明：是一种甲虫，形状略似金龟子，略长微扁,有一粒蚕豆大,村里人即叫它为蚕豆虫或豆壳虫。这东西自首夏至秋初从土里钻出来,黄昏时候,漫天飞,地下留下一个一个小圆洞。飞时鼓翅作声,声如黄蜂而微细,如蜜蜂而稍粗。走出门散步,满耳是这种营营的单调而温和的音乐。它们这样营营的,忙碌地飞,是择配。这东西一出土即迫切地去完成它的生物的义务。等到一找到对象,便在篱落枝头息下。或前或后于交合的是吃,极其起劲地吃。所吃的东西却只有一种:柏树的叶子。也许它并不太挑嘴,不过爱吃柏叶,是可以断言的。学校后面小山上有一片柏林,向晚时这种昆虫成千上万。老鲁上山挑水,——老鲁到朋友处闲住,但不能整天抄手坐着,总得找点事做做,挑水就成了他的义务劳动,——回来说,这种虫子可吃。当晚他就捉了好多。这一点不费事,带一个可以封盖的瓶罐,走到哪里,随便在一个柏枝上一捋,即可有三五七八个不等。这东西是既不挣扎也不逃避的,也不咬人螫人。老鲁笑嘻嘻地拿回来,掐了头,撕去甲翅,动作非常熟练。热锅里下一点油,煸炸一下,三颠出锅,上盘之后,洒上重重的花椒盐,这就是菜。老鲁举起酒杯,一连吃了几个。我们在一旁看着,对这种没有见过的甲虫能否佐餐下酒,表示怀疑。老鲁用筷子敲敲盘边,说:"老师,请两个嘛!"有一个胆大的,当真尝了两个,闭着眼睛嚼了下去:"唔,好吃!"

我们都是"有毛的不吃掸子，有腿的不吃板凳"的，于是饭桌上就多了一道菜，而学校外面的小铺的酒债就日渐其多起来了。这酒账是到下学期快要开学时才由校长弄了一笔钱一总代付了的。豆壳虫味道有点像虾，还有点柏叶的香味。因为它只吃柏叶，不但干净，而且很"雅"。这和果子狸，松花鸡一样，顾名思义即可知道一定是别具风味的山珍。不过，尽管它的味道有点像虾，我若是有一盘油爆虾，就决不吃它。以后，即使在没有虾的时候也不会有吃这玩意的时候了。老鲁呢，则不可知了。不管以后吃不吃吧，他大概还会念及观音寺这地方，会跟人说："俺们那时候吃过一种东西，叫豆壳虫……"

不久，老鲁即由一个姓刘的旧校警领着见了校长，在校警队补了一个名子。校长说："饷是一两个月发不出来的哩"，老刘自然知道，说不要紧的，他只想清清静静地住下，在队伍上时间久了，不想干了，能吃一口这样的饭就行（他说到"这样的饭"时，在场的人都笑了）。他姓鲁，叫鲁庭胜（究竟该怎么写，不知道，他有个领饷用的小木头戳子，上头刻的是这三个字），我们都叫他老鲁，只有事务主任一个人叫他的姓名（似乎这样连名带姓的叫他的下属，这才像个主任）。济南府人氏。何县，不详。和他同时来的一个，也"补上"了，姓吴，河北人。

什么叫"校警",这恐怕得解释一下,免得过了一二十年,读者无从索解。"校警"者,学校之警卫也。学校何须警卫?因为那时昆明的许多学校都在乡下,地方荒僻,恐有匪盗惊扰也。那时多数学校都有校警。其实只是有几个穿军服的人(也算一个队),弄几枝旧枪,壮壮胆子。无非是告诉宵小之徒:这里有兵,你们别来!年长日久,一向又没有发生过什么事情,这个队近于有名无实了。他们也上下班。上班时抱着一根老捷克式,搬一条长凳,坐在门口晒太阳,或看学生打篮球。没事时就到处走来走去,嘴里咬着一根狗尾巴草草,"朵朵来米西",唱着不成腔调的无字曲。这地方没有什么热闹好瞧。附近有一个很奇怪的机关,叫做"灭虱站",是专给国民党军队消灭虱子的。他们就常常去看一队瘦得脖子挺长的弟兄开进门去,大概在里面洗了一通,喷了什么药粉,又开出来,走了。附近还有个难童收容所。有二三十也是饿得脖子挺长的孩子,还有个所长。这所长还教难童唱歌,唱的是"一马离了西凉界,不由人一阵阵泪洒胸怀",而且每天都唱这个。大概是该所长只会唱这一段。这些校警也愿意趴在破墙上去欣赏这些瘦孩子童声齐唱《武家坡》。他们和卖花生的老头搭讪,帮赶马车的半大孩子钉马掌,去看胡萝卜,看蝌蚪,看青苔,看屎克螂,日子过得极其从容。有的住上一阵,耐不住了,就说一声"没意思"，告假走了。学校负责人也觉这样一个只有六班学生的学校，设置校警大可不必，这两枝老枪还是收起来吧，就一并捆起来靠在校长宿舍的墙角上锈生灰去了。校警呢，愿去则去，愿留的，全都屈才做了本来是工友所做的事了。人各有志，留下来的都是喜爱这里的生活方式的。这里的生活方式，就是：随便。你别说，原来有一件制服在身上，多少有点拘束，现在脱下了二尺半，想穿什么就穿什么，就更添了一分自在。可是他们过于喜爱这种方式，对我们就不大方便。他们每天必作的事是挑水。当教员的，水多重要！上了两节课，唇干舌燥。到茶炉间去看看，水缸是空的。挑水的呢？他正在软草浅沙之中躺着，眯着眼在看天上的云哩。毫无办法，这学校上上下下都透着一股相当浓厚的老庄哲学的味道：适性自然。自从老吴和老鲁来了，气象才不同起来。

老吴留长发，梳了一个背头。头顶微秃，看起来脑门子很高。高眉直鼻、瘦长身材，微微驼背。走路步子很碎，稍急一点就像是在小跑。这样的人让他穿一件干干净净的蓝布长衫比穿军服要合适得多（他怎么会去当兵，是一个谜）。他的家乡大概离北京不远，说的是相当标准的"国语"，张嘴就是"您哪，您哪"的。他还颇识字，能读书报，字也写得不错，酒后曾在墙上题诗一首：

山上青松山下花

花笑青松不及他

　　有朝一日狂风起

　　只见青松不见花

兴犹未尽，又题了两句：

　　贫居闹市无人问

　　富在深山有远亲

"补上"不久，有发愤做人之意，又写了一副对联：

　　烟酒不戒哉

　　不可为人也

老吴岁数不比老鲁小多少，也是望五十的人了，而能如此立志，实在难得。——不过他似乎并未真的戒掉。而且，何必呢！因为他知书识字，所管工作是进城送公函信件。在家时则有什么做什么，从不让自己闲着。哪里地不平，下雨时容易使人摔交，他借了一把铁锹平了，垫了。谁的窗户纸破了（这学校里没有一扇玻璃，窗户上都是糊着皮纸），他瞧在眼里，不一会就打了浆糊来糊上了，糊得端端正正，平平展展，连一个褶子都没有。而且出主意教主人出钱买一点清油来抹上，说这样结实，也透亮。果然！他爱整洁，路上有草屑废纸，他见到，必要捡去。整天看见他在院里不慌不忙而快快地走来走去。他大概是很勤快的。当然，也有点故示勤快。有一天，须派人到城里一个什么机关交涉一宗公事，教员里都是不入官衙的，谁也不愿去。有人说："让老吴去！"校长把自己的一套旧西服取下来，说："行！"老吴换了那身咖啡色西服，梳梳头，就去了。结果自然满好，比我们哪个去都好。因此，老吴实际上是介乎工友与职员之间的那么一个人物。老吴所以要戒除嗜好，立志为人，所争取的，暂时也无非是这样的地位。他已经争取到了。

一到快放暑假时，大家说：完了，准备瘦吧。不是别的，每年春末夏初，几乎全校都要泻一次肚，泻肚的同时，大家的眼睛又必一起通红发痒。是水的关系。这村子叫观音寺，按说应该不缺水，——观音不是跟水总是有点联系的么？可是这一带的大地名又叫做黄土坡，这倒真是名副其实的。昆明春天不下雨，是风季，或称干季，灰沙很大。黄土坡尤其厉害。我们穿的衣服，在家里看看还过得去。一进城就觉得脏得一塌胡涂。你即使新换了衣服进城，人家一看就知道是从哪里来的：我们的头发总是黄的！学校附近没有河，——有一条很古老的狭窄的水渠，雨季时渠里流着清水，渠的两岸开满了雪白的木香花，可是平常是干涸的，也没有井，我们食用的水只能从两处挑来：一个是前面胡萝卜田地里的一口塘；一个是后面山顶上的一个"龙潭"。龙潭，昆明人叫泉水为龙潭。那也是一口塘，想是下面有泉水冒上来，故终年盈满，水清可鉴。在龙泉边坐一坐，便觉得水气沁人，眼目明爽。如果从山上龙潭里挑水来吃，自然极好。但是，我们平日饮用、炊煮、漱口、洗面的水其实都是田地里的塘水。塘水是雨水所潴积，大小虽不止半亩，但并无源头，乃是死水，照一学生物的同学的说法：浮游生物很多。他去舀了一杯水，放在显微镜下，只见草履虫、阿米巴来来往往，十分活跃。向学校抗议呀！是的。找事务主任。主任说："我是管事务的，我也是×××呀！"这意思是说，他也是一个人，也有不耐烦的时候。他跟由校警转业的工友三番两次说："上山挑！"没用。说一次，上山挑两天；第三天，仍旧是塘水。你不能看着他，不能每次都跟着去。实在的，上山路远，路又不好走。也难怪，我们有时去散散步，来回一趟，还怪累的，何况挑了一担水乎？再说，山下风景不错，可是没人没伴，一个人挑着两桶水，斤共斤共走着，有什么意思？田里塘边常常有几个姑娘媳妇锄地薅草，漂衣洗菜，谈谈笑笑，热闹得多。教员们呢，不到眼红肚泻时也想不起这码事。等想起来，则已经红都红了，泻都泻了。到时候每人一包六味地黄丸或舒发什么片，倒了一杯（还是塘里挑来的）水，相对吞食起来。自从老鲁来了，情况才有所改变。老鲁到山上、田里两处都看了看，说底下那个水"要不的"。——老鲁的专职是挑水。全校三百人连吃带用的水由他一个人挑，真也够瞧的。老鲁天一模糊亮就起来，来回不停地挑。一担两桶。有时用得急，一担四桶。四桶水，走山路，用山东话说："斤半锅盔，——够呛"，可是老鲁像不在意。水挑回来，还得劈柴。劈了柴，一个人关在茶炉间里烧。自此，我们之间竟有人买了茶叶，泡起茶来了！因为水实在太方便。老鲁提了一个很大的铅铁水壶，挨着个儿往各个房间里送，一天送三次。

下一学期开始后，学校情况有所好转。昆明气候好，秋来无一点萧瑟之感，只是百物似乎更老熟深沉了一些。早晚稍凉，半夜读书写字须加一件衣服。白天太阳照着，温暖平和，完全像一个稍稍删改过一番的春天。经过了雨季，草木都极旺盛。波斯菊开犹未尽，绮丽如昔。美人蕉结了籽，远看猩红一片，仍旧像开着花。饭能像一顿饭那样开出，破旧的藤箱里还有一件毛衣，就允许人们对未来做一点梦。饭后课余，在屋前小草坪上，各人搬一把椅子，又漫无边际地聊开了。昆明七八年，都只是一群游子，谁也没有想到在这里落地生根。包括老吴和老鲁。教员里有的是想出国的，有的想到清华、北大当助教，也有想回家乡办一种什么事业……有一位老兄似乎自己是注定了要当副教授的。他还设想他有一所小住宅，三间北房，四白落地，后面还有一个小园子，可以种花种菜。他还把老吴、老鲁也都设计在他的住宅里。老吴住前院，管洒扫应对。主人不在，有客人来，沏茶奉

老　鲁

烟，请客人留字留言。他可以偷空到天桥落子馆里坐坐。他去买东西，会跟铺子里要一个二八回扣。老鲁呢，挑水，还可以把左邻右舍的用水都包下来，包括对门卖柿子的老太婆的。唔，老鲁多半还要回家种两年地。到地里庄稼被蝗虫吃光了时，又会坐在老吴的屋里等主人回来，请求还在这里吃一碗饭……他把将来的生活设想这样具体，而且梦寐以求，有点像契诃夫小说《醋栗》中的主人，于是大家就叫他"醋栗"。醋栗先生对这个称呼毫不在意。这时正好老吴给他送来两封远地来信和一卷报刊，老鲁提了铅壶来送水，他还当真把他们叫住，把这个设想告诉他们，征求他们的同意。一个说"好唉好唉"，一个说"那敢情好！"

醋栗先生的设想，不是毫无道理。他自己能不能当副教授，我不敢替他下保证，他所设想老吴和老鲁的前途，倒是相当有根据，合乎实际的。世界上会有很多副教授，会有那么一所小宅子，会有一定数量的能够洒扫应对的老吴和一辈子挑水的老鲁的。

自从老吴和老鲁来了，学校的教员中竟分成了两派。一派拥护老吴，一派拥护老鲁。有时为了他们的优劣竟展开了辩论（其实人是不能论优劣的，优劣只能用于钢笔、手表、热水壶，这些东西可以有个绝对标准）。人之爱恶，各不相同，不能勉强。从拥护老鲁和老吴上，也可以看出两派人的特点,一派重实际,讲功利;一派重感情,多幻想。人以群分,物以类聚,什么地方都有这两类人。我是拥鲁一派。老鲁来了,我们且问问他:

"老鲁,你累不累?"

"累什么,我的精神是顶年幼儿的来!"

这个"顶年幼儿的",好新鲜的词儿!老鲁身体很好(老吴有时显得有点衰颓)。他并不高大,但很结实。他不是像一个运动员那样浑身都是练出来的腱子肉,他是瘦长的,连他的微微向外的八字脚也是瘦瘦长长且是薄薄的,然而他一天挑那么多的水!他哪里来的那么多的力气呢?老鲁是从沙土里长起来的一棵枣树。说像枣树好像不大合适。然而像什么呢?得,就是枣树!

老鲁是见过世面的。有一天,学校派我进城买米(我们那个学校,教员都要轮流做这一类的事),我让老鲁跟我一同去,因为我实在不善于做这一类事。老鲁挟着两个麻袋,走到米市上,这一家抄起一把看看,那一家抄起一把看看,显得很活泼。米有成色粗细,砂多砂少,干湿之分,这些我都不懂,只是很有兴趣跟在他后面,等他看定了付钱。他跟一个掌柜的论了半天价,没有成交。"不卖?好,不卖咱们走下家!"其实他是看中了这份米。哪里走什么下家呢,他领着我去看了半天猪秧子,评头论足了半天,转身又走回原来那家铺子，偏着身子（像是准备买不成立刻就走），扬着头（掌柜的高高地爬在米垛子上），"哎，胡子！卖不卖，就是那个数，二八，卖，咱就量来！"掌柜的乐了乐，当真就卖了。大概是因为一则"二八"这个数他并不吃亏；二则这掌柜显然也极中意这个称呼，他有一嘴乌青匝密的牙刷胡子！——诸位，我说的这些有点是题外之言。我真的要说的是另外一件事。就是买米的这一天，我知道老鲁是见过世面的。我们在进城的马车上，马车上坐的是庄稼人、保长、小茶棚的老板娘（进城去买办芝麻糖葵花子），还有两个穿军装的小伙子。这两个小伙子大概是机械士或勤务兵，显得很时髦。一个的手腕上戴着手表（我仔细瞧了瞧，这只表不走，只能装装样子），一个的左边犬齿上镶了金牙，金牙上嵌了绿色的桃形饰物。这两个低声说话，忽然无缘无故地大声说："我们哪里没有去过，什么'交通工具'没有坐过！飞机、火车、坦克车，法国大菜钢丝床！"老鲁没有什么表示，只是低着头抽他的烟。等这两个下了车，端着肩膀走了，老鲁说："两个烧包子！"好！这真是老鲁说的话！

　　老鲁十几岁就当兵了。他在过的部队的番号，数起来就有一长串。这人的生活写出来将是一部骇人的历史。我跟老鲁说："老鲁，什么时候你来，弄一点酒，谈谈你自己的事情。"老鲁说："有什么可谈的？作孽受苦就是了。好唉，哪天。今儿不行，事多。"说了几次，始终没有找到适当机会。

我只是片片段段地知道：老鲁在张宗昌手下当过兵。"童子队"，他说。我到现在还不知道这三个字怎样写，是"童子队"，还是"筒子队"。听那意思大概是马弁。"童子队，都挑一些年轻漂亮小伙子，才出头二十岁。"老鲁说。大家微笑。笑什么呢？笑老鲁过去的模样。大家自然相信老鲁曾经是个年轻漂亮的小伙子，盒子炮，两尺长的鹅黄色的丝穗子！他说了一点张大帅的事，也不妨说是老鲁自己的事吧："大帅烧窑子。北京。大帅走进胡同。一个最红的窑姐儿。窑姐儿叼了枝烟（老鲁摆了个架势，跷起二郎腿，抬眉细眼，眼角迤斜），让大帅点火。大帅说：'俺是个土暴子，俺不会点火。'豁呵，窑姐儿慌了，跪下咧，问你这位，是什么官衔。大帅说：'俺是山东梗，梗，梗！'（老鲁翘起大拇指，圆睁两眼，嘴微张开。从他的神情中，我们大概知道'梗梗梗'是一个什么东西，但是这三个字实在不知道该怎么写。大帅的同乡们，你们贵处有此说法么？）窑姐儿说，你老开恩带我走吧。大帅说：'好唉！'（大帅也说'好唉'？）真凄惨（老鲁用了一个形容词），烧！大帅有令：十四岁以下，出来；十四岁过了的，一个不许走，烧！一烧烧了三条街，都烧死咧。"老鲁的叙述方法有点特别。你也许不大明白。可不是，我也不知这究竟是咋一回事，大帅为什么要烧窑子？这是什么年头的事？我们就大概晓得那么一回事就得了。当然，老鲁也是点火烧的一个了，他是"童子队"嘛。

另外，我们还知道一点老鲁吃过的东西。其一是猪食。队伍到了一个地方，什么都没有了。饿了好几天了，老百姓不见影子，粮食没有一颗。老鲁一看，咳！有个猪圈。猪是早没有了，猪食盆在呐。没有办法，用手捧了两把。嘻，"还有两爿儿整个包谷一剖俩的呢，怪好吃！"老鲁说，这比羊肉好吃多了。"比羊肉好吃？"有人奇怪。唉，什么羊肉，白煮羊肉。"也是，老百姓都逃了，拖到一只羊，杀倒了，架上火呼[1]烂了，没盐！"没盐的羊肉，你没吃过，你就无法知道那多难吃，何况，又是瘪了多少日子的肚子！啧啧，老鲁吃过棉花。那年，败了，一阵一阵地退。饿得太凶了，都走不动，有的，老鲁说："像一个空口袋似的就出溜下去了。"昏昏糊糊的。"队伍像一根烂草绳穿了一绳子烂草鞋，"（老鲁的描写真是奇绝！）实在饿极了。老鲁说："不觉得那是自己。"可是得走呀。在那个一眼看不到一棵矮树、一块石头的大平地上走。（这是什么地方？）浑身没一丝力气，光眼皮那还有点动（很难想象），不撑住，就搭拉下来了。老鲁看见前头一个人的衣服破了一块，露出了白花花的

---

[1] "呼"应为"烀"。——编者注

棉花，"吃棉花！前后肚皮都贴上了。棉花啊！也就是填到肚里，有点儿东西。吃下去什么样儿，拉出来还是个什么样儿！"我知道棉花只有纤维，纤维是不易溶解的，没想到这点科学常识却在一个人的肚肠里得到证实。

老鲁的行伍生活，我所知道的，只有这些。

老鲁这辈子"下来"过好几次。用他的话说，当兵叫"补上"，不当了，叫"下来"。他到过很多大城市，在上海、南京都住过。下来时，自然是都攒了一些钱。他说他在上海曾经有过两间房子。"有过"是什么意思呢？是从二房东那里租来的？还是在蕴藻浜那样的地方自己用茅草盖的呢？我没有问清楚。在南京，他弄过一个磨坊。这是抗战以前的事。一打仗，他摔下就跑了。临走时磨坊里还有一百六十多担麦子！离开南京，身上还有一点钱，钱慢慢花完了，"又干上咧"。老鲁是"活过来的"，他对过去不太怀念。只有一次，我见他似乎颇有点惘然的样子。黄昏时候，在那个小茶棚前，一队驮马过去。赶马的是个小姑娘。呵叱一声，十头八匹马一起撒开步子，马背上的木鞍敲得马脊梁郭答郭答地响。老鲁眯着眼睛，目送驮马走过，兀立良久，若有所思。但是在他脱下军帽，抓一抓光头时，他已经笑了："南京城外赶驴子的，都是小姑娘，一根小鞭子，哈咻哈咻，不打站，不歇力，一口气赶三四十里地，一串几十个，光着脚巴丫子，戴得一头的花！"老鲁似乎在他的描叙中得到一点快乐。"戴得一头的花"，他说得真好。这样一来，那一百六十担麦子就再也不能折磨他了。

可是话说回来了，一百六十担麦子是一百六十担麦子呀，不是别的。一百六十担麦子比起一斗四升豆子，就更多了，也难怪老鲁提起过好几次。且说这一斗四升豆子。老鲁爱钱。他那样出力地挑水，也一半是为了钱。"公家用的"水挑完之后，他还给几个成了家，有了孩子，自己起火的教员家里挑私人用的水，多少可以得一点钱。老鲁这回"下来"，本有几个钱，约有十万多一点（我们那学期的薪水一月二万五）。他一下来时请老校警喝酒，花了一些。又为一个老朋友花了四万元。那个朋友从队伍上下来，带了一枝枪，路上让人查到了，关了起来。老鲁得为他花钱，把他赎出来。一块在枪子里蹓过来的，他能不吐这个血么？剩下那点钱，再加上挑水的钱，他就买了一斗四升豆子屯积起来。他这大概是世界上规模最小的屯积了。不过，有了一斗四，就不愁没有一百六。他等着行情涨，希望重新挣起一座磨坊。不料，什么都涨，豆子直跌！没法，就只好卖给在门口路上拉马车的。他自己常常看到那匹瘦骨嶙峋的白马，掀动着大嘴，格蹦格蹦地嚼他的豆子。可真是气人，一脱手，豆子的价钱就抬起来了！

有人问老鲁,"你要钱干什么?"意思是说:你活了大半辈子,看过多少事情,还对这个东西认识不清么?有人还告诉他几个故事:某人某人,白手起家,弄了三部卡车,跑缅甸仰光,几千万的家私,一炮就完了。护国路有一所大楼,黄铜窗槛,绿绒窗帘,里面住了一个"扁担"(昆明人管挑夫叫"扁担")。这扁担挑了二十年,忽然发了一笔横财,钱是有了,可是生活过得很无意思。家里的白磁澡盆他觉得光滑冰冷,牛奶面包他吃不惯。从前在车站码头上一同吃猪耳朵、焖小肠的老朋友又没有人敢来高攀他,他觉得孤独寂寞,连一个能说说话的人都没有。又有一家,原是个马车夫,得了法,房子盖得半条街,又怎么呢?儿子们整天为一块瓦片吵架,一家子鸡犬不宁……总而言之,钱不是什么好东西。老鲁说:"话不是这么说。眼珠子是黑的,洋钱是白的。我家里挣下的几亩地,一定叫叔叔舅舅占了,卖了。我回去,我老娘不介意(老鲁还有个老娘,想当有七十多岁了),欢欢喜喜的,'啊!我儿子回来了!'我就是光着屁股也不要紧。别人喂,我回去吃什么?"

寒假以后,学校搬了家,从观音寺搬到白马庙。我是跟老鲁坐一个马车去的。老鲁早已到那边看过,远远的就指给我们看:"那边,树郁郁的,喂,是了,就是那儿!"老鲁好像很喜欢,很兴奋。原因是"那边有一口大井,就在开水炉子旁边,方便!"

自从学校迁到白马庙,我不在学校里住,在学校附近租了一间民房,除了上课,很少到学校来。下了课,就回宿舍了。对老鲁的情况就不大了解了。

转眼过年了。一清早,到学校去看看。学校里打扫得很干净,台阶上还有几盆花!老吴在他的房间的门上贴了一副春联:

一夜连双岁

五更分二年

这是记实,又似乎有点感慨。我去看看老鲁,彼此作了一个揖,算是拜年。我听说老鲁最近不大快乐。原因是,一、和老吴的关系处得不好。老吴很受重用。事务主任近来不到校,他俨然是大总管。他穿着校长送他的咖啡色西服,叼着一个烟斗,背着手各处看来看去,有时站在办公室门口,大叫:"老鲁——!""耳朵上哪去了?"——"要关照你多少次!"——得,醋栗先生的计划大概要吹,老鲁和老吴不会同时呆在一个小宅子里!二、是他有一笔钱又要漂。老鲁苦巴苦做,积积攒攒,也有了卯二十万样子。这钱为一个事务员借去,合资买了谷子。不知怎么弄的,久久未有下文。原因究竟是否如此,也说不清。只是老鲁的脾气变得坏了。他离群索居,吃饭睡觉都在他的看炉间里。校警之中只有一个老刘还有时带了一条大狗上他屋里坐坐，有时跟他一处吃饭。老鲁现在几乎顿顿喝酒。"吃了，喝了，都在我肚子里，谁也别想！"意思是有谁想他的钱似的。老鲁哪里来的这么多的牢骚呢？

后来，我看老鲁脾气又好了一些，常常请客吃包子。一盘二三十个，请老刘，请一个女教员雇用的女工。我想，这可不得了，老鲁这个花法！他是怎么啦？不过了？慢慢地，我才听说，老鲁做了老板了。这包子是从学校旁边的包子铺端来的。铺子里有老鲁的十多万股本。

果然，老鲁常常蹲在包子铺的门口抽他的烟筒，呼噜呼噜。他拿着新买的烟筒向我照了照：

"我买了个高射炮！"

佛笃——吹着了纸枚，抽了一筒，非常满意的样子。

"到云南来，有钱没钱的，带两样东西回去。有钱的，带斗鸡。云南出斗鸡。没钱，带个水烟筒，——高射炮！"

今春看又过，何日是归年？老鲁啊，咱们什么时候回去呢？

一九四五年写，在昆明白马庙

鸡鸭名家

刚才那两个老人是谁?

父亲在洗刮鸭掌。每个蹠蹼都掰开来仔细看过,是不是还有一丝泥垢,一片没有去尽的皮,就像在作一件精巧的手工似的。两付鸭掌白白净净,妥妥停停,排成一排。四只鸭翅,也白白净净,排成一排。很漂亮,很可爱。甚至那两个鸭胗,父亲也把它处理得极美。他用那把我小时就非常熟悉的角柄小刀从栗紫色当中闪着钢蓝色的一个微微凹处轻轻一划,一翻,里面的蕊黄色的东西就翻出来了。洗涮了几次,往鸭掌、鸭翅之间一放,样子很名贵,像一种珍奇的果品似

---

* 初刊于《文艺春秋》一九四八年第六卷第三期,初收于《邂逅集》。此据《汪曾祺短篇小说选》所收作者修改本排印,文后写作时间为作者修改时所注。

的。我很有兴趣地看着他用洁白的，然而男性的手，熟练地做着这样的事。我小时候就爱看他用他的手做这一类的事，就像我爱看他画画刻图章一样。我和父亲分别了十年，他的这双手我还是非常熟悉。

刚才那两个老人是谁？

鸭掌、鸭翅是刚从鸡鸭店里买来的。这个地方鸡鸭多，鸡鸭店多。鸡鸭店都是回回开的。这地方一定有很多回回。我们家乡回回很少。鸡鸭店全城似乎只有一家。小小一间铺面，干净而寂寞。门口挂着收拾好的白白净净的鸡鸭，很少有人买。我每回走过时总觉得有一种使人难忘的印象袭来。这家铺子有一种什么东西和别家不一样。好像这是一个古代的店铺。铺子在我舅舅家附近，出一个深巷高坡，上大街，拐角第一家便是。主人相貌奇古，一个非常大的鼻子，鼻子上有很多小洞，通红通红，十分鲜艳，一个酒糟鼻子。我从那个鼻子上认得了什么叫酒糟鼻子。没有人告诉过我，我无师自通，一看见就知道："酒糟鼻子！"我在外十年，时常会想起那个鼻子。刚才在鸡鸭店又想起了那个鼻子。现在那个鼻子的主人，那条斜阳古柳的巷子不知怎么样了……

那两个老人是谁？

一声鸡啼，一只金彩烂丽的大公鸡，一个很好看的鸡，在小院子里顾影徘徊，又高傲，又冷清。

那两个老人是谁呢，父亲跟他们招呼的，在江边的沙滩上？……

街上回来，行过沙滩。沙滩上有人在分鸭子。四个男子汉站在一个大鸭圈里，在熙熙攘攘的鸭群里，一只一只，提着鸭脖子，看一看，分别丢在四边几个较小的圈里。他们看什么？——四个人都一色是短棉袄，下面皆系青布鱼裙。这一带，江南江北，依水而住，靠水吃水的人，卖鱼的，贩卖菱藕、芡实、芦柴、茭草的，都有这样一条裙子。系了这样一条大概宋朝就兴的布裙，戴上一顶瓦块毡帽，一看就知道是干什么行业的。——看的是鸭头，分别公母？母鸭下蛋，可能价钱卖得贵些？不对，鸭子上了市，多是卖给人吃，很少人家特为买了母鸭下蛋的。单是为了分别公母，弄两个大圈就行了，把公鸭赶到一边，剩下的不都是母鸭了，无须这么麻烦。是公是母，一眼不就看出来，得要那么提起来认一认么？而且，几个圈里灰头绿头都有！——沙滩上安静极了，然而万籁有声，江流浩浩，飘忽着一种又积极又消沉的神秘的向往，一种广大而深微的呼吁，悠悠窅窅，悄怆感人。东北风。交过小雪了，真的入了冬了。可是江南地暖，虽已至"相逢不出手"的时候，身体各处却还觉得舒舒服服，饶有清兴，不很肃杀，天气微阴，空气里潮润润的。新麦、旧柳，抽了卷须的豌豆苗，散过了絮的蒲公英，全都欣然接受这点水气。鸭子似乎也很满意这样的天气,显得比平常安静得多。虽被提着脖子,并不表示抗议。也由于那几个鸭贩子提得是地方,一提起,趁势就甩了过去,不致使它们痛苦。甚至那一甩还会使它们得到筋肉伸张的快感,所以往来走动,煦煦然很自得的样子。人多以为鸭子是很唠叨的动物,其实鸭子也有默处的时候。不过这样大一群鸭子而能如此雍雍雅雅,我还从未见过。它们今天早上大概都得到一顿饱餐了吧?——什么地方送来一阵煮大麦芽的气味,香得很。一定有人用长柄的大铲子在铜锅里慢慢搅和着,就要出糖了。——是约约斤两,把新鸭和老鸭分开?也不对。这些鸭子都差不多大,全是当年的,生日不是四月下旬就是五月初,上下差不了几天。骡马看牙口,鸭子不是骡马,也看几岁口?看,也得叫鸭子张开嘴,而鸭子嘴全都闭得扁扁的。黄嘴也是扁扁的,绿嘴也是扁扁的。即使掰开来看,也看不出所以然呀,全都是一圈细锯齿,分不开牙多牙少。看的是嘴。看什么呢?哦,鸭嘴上有点东西,有一道一道印子,是刻出来的。有的一道,有的两道,有的刻一个十字叉叉。哦,这是记号!这一群鸭子不是一家养的。主人相熟,搭伙运过江来了,混在一起,搅乱了,现在再分开,以便各自出卖?对了,对了!不错!这个记号作得实在有道理。

江边风大,立久了究竟有点冷,走吧。

刚才运那一车鸡的两口子不知到了哪儿了。一板车的鸡，一笼一笼堆得很高。这些鸡是他们自己的，还是给别人家运的？我起初真有些不平，这个男人真岂有此理，怎么叫女人拉车，自己却提了两只分量不大的蒲包在后面踱方步！后来才知道，他的负担更重一些。这一带地不平，尽是坑！车子拉动了，并不怎么费力，陷在坑里要推上来可不易。这一下，够瞧的！车掉进坑了，他赶紧用肩膀顶住。然而一只轱辘怎么弄也上不来。跑过来两个老人（他们原来蹲在一边谈天）。老人之一捡了一块砖煞住后滑的轱辘，推车的男人发一声喊，车上来了！他接过女人为他拾回来的落到地下的毡帽，掸一掸草屑，向老人道了谢："难为了！"车子吱吱咽咽地拉过去，走远了。我忽然想起了两句《打花鼓》：

　　恩爱的夫妻

　　槌不离锣

这两句唱腔老是在我心里回旋。我觉得很凄楚。

这个记号作得实在很有道理。遍观鸭子全身，还有其他什么地方可以作记号的呢？不像鸡。鸡长大了，毛色各不相同，养鸡人都记得。在他们眼中，世界没有两只同样的鸡。就是被人偷去杀了吃掉，剩下一堆毛，他认也认得清（《王婆骂鸡》中列举了很多鸡的名目，这是一部"鸡典"）。小鸡都差不多，养鸡的人家都在它们的肩翅之间染了颜色，或红或绿,以防走失。我小时颇不赞成,以为这很不好看。但人家养鸡可不是为了给我看的!鸭子麻烦,不能染色。小鸭子要下水,染了颜色,浸在水里,要退。到一放大毛,则普天下的鸭子只有两种样子了:公鸭、母鸭。所有的公鸭都一样,所有的母鸭也都一样。鸭子养在河里,你家养,他家养,难免混杂。可以作记号的地方,一看就看出来的,只有那张嘴。上帝造鸭,没有想到鸭嘴有这个用处吧。小鸭子,嘴嫩嫩的,刻几道一定很容易。鸭嘴是角质,就像指甲,没有神经,刻起来不痛。刻过的嘴,一样吃东西,碎米、浮萍、小鱼、虾蚤、蛆虫……鸭子们大概毫不在乎。不会有一只鸭子发现同伴的异样,呱呱大叫起来:"咦!老哥,你嘴上是怎么回事,雕了花了?"当初想出作这样记号的,一定是个聪明人。

然而那两个老人是谁呢?

鸭掌鸭翅已经下在砂锅里。砂锅咕嘟咕嘟响了半天了,汤的气味飘出来,快得了。碗筷摆了出来,就要吃饭了。

"那两个老人是谁?"

"怎么?——你不记得了?"

父亲这一反问教我觉得高兴:这分明是两个值得记得的人。我一问,他就知道问的是谁。

"一个是余老五。"

余老五！我立刻知道，是高高大大，广额方颡，一腮帮白胡子茬的那个。——那个瘦瘦小小，目光精利，一小撮山羊胡子，头老是微微扬起，眼角带着一点嘲讽痕迹的，行动敏捷，不像是六十开外的人，是——

"陆长庚。"

"陆长庚？"

"陆鸭。"

陆鸭！这个名字我很熟，人不很熟，不像余老五似的是天天见得到的老街坊。

余老五是余大房炕房的师傅。他虽也姓余，炕房可不是他开的，虽然他是这个炕房里顶重要的一个人。老板和他同宗，但已经出了五服，他们之间只有东伙缘份，不讲亲戚面情。如果意见不和，东辞伙，伙辞东，都是可以的。说是老街坊，余大房离我们家还很有一段路。地名大淖，已经是附郭的最外一圈。大淖是一片大水，由此可至东北各乡及下河诸县。水边有人家处亦称大淖。这是个很动人的地方，风景人物皆有佳胜处。在这里出入的，多是戴瓦块毡帽系鱼裙的朋友。乘小船往北顺流而下，可以在垂杨柳、脆皮榆、茅棚、瓦屋之间，高爽地段，看到一座比较整齐的房子，两旁八字粉墙，几个黑漆大字，鲜明醒目；夏天门外多用芦席搭一凉棚，绿缸里渍着凉茶，任人取用；冬天照例有卖花生薄脆的孩子在门口踢毽子；树顶上飘着做会的纸幡或一串红绿灯笼的，那是"行"。一种是鲜货行，代客投牙买卖鱼虾水货、荸荠茨菇、山药芋艿、薏米鸡头，诸种杂物。一种是鸡鸭蛋行。鸡鸭蛋行旁边常常是一家炕房。炕房无字号，多称姓某几房，似颇有古意。其中余大房声誉最著，一直是最大的一家。

余老五成天没有什么事情，老看他在街上逛来逛去，到哪里都提了他那把其大无比，细润发光的紫砂茶壶，坐下来就聊，一聊一半天。而且好喝酒，一天两顿，一顿四两。而且好管闲事。跟他毫无关系的事，他也要挤上来插嘴。而且声音奇大。这条街上茶馆酒肆里随时听得见他的喊叫一样的说话声音。不论是哪两家闹纠纷，吃"讲茶"评理，都有他一份。就凭他的大嗓门，别人只好退避三舍，叫他一个人说！有时炕房里有事，差个小孩子来找他，问人看见没有，答话的人常是说："看没有看见，听倒听见的。再走过三家门面，你把耳朵竖起来，找不到，再来问我！"他一年闲到头，吃、喝、穿、用全不缺。余大房养他。只有每年春夏之间，看不到他的影子了。

多少年没有吃"巧蛋"了。巧蛋是孵小鸡孵不出来的蛋。不知什么道理，有些小鸡长不全，多半是长了一个头，下面还是一个蛋。有的甚至翅膀也有了，只是出不了壳。鸡出不了壳，是鸡生得笨，所以这种蛋也称"拙蛋"，说是小孩子吃不得，吃了书念不好。反过来改成"巧蛋"，似乎就可通融，念书的孩子也马马虎虎准许吃了。这东西很多人是不吃的。因为看上去使人身上发麻，想一想也怪不舒服，总之吃这种东西很不高雅。很惭愧，我是吃过的，而且只好老实说，味道很不错。吃都吃过了，赖也赖不掉，想高雅也来不及了。——吃巧蛋的时候，看不见余老五了。清明前后，正是炕鸡子的时候；接着又得炕小鸭，四月。

蛋先得挑一挑。那是蛋行里人的责任。鸡鸭也有"种口"。哪一路的鸡容易养，哪一路的长得高大，哪一路的下蛋多，蛋行里的人都知道。生蛋收来之后，分别放置，并不混杂。分好后，剔一道，薄壳，过小，散黄，乱带，日久，全不要。——"乱带"是系着蛋黄的那道韧带断了，蛋黄偏坠到一边，不在正中悬着了。

再就是炕房师傅的事了。一间不透光的暗屋子，一扇门上开一个小洞，把蛋放在洞口，一眼闭，一眼睁，反复映看，谓之"照蛋"。第一次叫"头照"。头照是照"珠子"，照蛋黄中的胚珠，看是否受过精，用他们的说法，是"有"过公鸡或公鸭没有。没有"有"过的，是寡蛋，出不了小鸡小鸭。照完了，这就"下炕"了。下炕后三四天，取出来再照，名为"二照"。二照照珠子"发饱"没有。头照很简单，谁都作得来。不用在门洞上，用手轻握如筒，把蛋放在底下，迎着亮光，转来转去，就看得出蛋黄里有没有晕晕的一个圆影子。二照要点功夫，胚珠是否隆起了一点，常常不易断定。珠子不饱的，要剔下来。二照剔下的蛋，可以照常拿到市上去卖，看不出是炕过的。二照之后，三照四照，隔几天一次。三四照后，蛋就变了。到知道炕里的蛋都在正常发育，就不再动它，静待出炕"上床"。

下了炕之后，不让人随便去看。下炕那天照例是猪头三牲，大香大烛，燃鞭放炮，磕头敬拜祖师菩萨，仪式十分庄严隆重。因为炕房一年就作一季生意，赚钱蚀本，就看这几天。因为父亲和余老五很熟，我随着他去看过。所谓"炕"，是一口一口缸，里头糊着泥和草，下面点着稻草和谷糠，不断用火烘着。火是微火，要保持一定的温度。太热了一炕蛋全熟了，太小了温度透不进蛋里去。什么时候加一点草、糠，什么时候撤掉一点，这是余老五的职份。那两天他整天不离一步。许多事情不用他自己动手。他只要不时看一看，吩咐两句，有下手徒弟照办。余老五这两天可显得重要极了，尊贵极了，也谨慎极了，还温柔极了。他话很少，说话声音也是轻轻的。他的神情很奇怪，总像在谛听着什么似的，怕自己轻轻咳嗽也会惊散这点声音似的。他聚精会神，身体各部全在一种沉缅,一种兴奋,一种极度的敏感之中。熟悉炕房情况的人,都说这行饭不容易吃。一炕下来,人要瘦一圈,像生了一场大病。吃饭睡觉都不能马虎一刻,前前后后半个多月!他也很少真正睡觉。总是躺在屋角一张小床上抽烟,或者闭目假寐,不时就着壶嘴喝一口茶,哑哑地说一句话。一样借以量度的器械都没有,就凭他这个人,一个精细准确而又复杂多方的"表",不以形求,全以神遇,用他的感觉判断一切。炕房里暗暗的,暖洋洋的,潮濡濡的,笼罩着一种暧昧、缠绵的含情怀春似的异样感觉。余老五身上也有着一种"母性"。(母性!)他身验着一个一个生命正在完成。

蛋炕好了,放在一张一张木架上,那就是"床"。床上垫着棉花。放上去,不多久,就"出"了:小鸡一个一个啄破蛋壳,啾啾叫起来。这些小鸡似乎非常急于用自己的声音宣告也证实自己已经活了。啾啾啾啾,叫成一片,热闹极了。听到这声音,老板心里就开了花。而余老五的眼皮一麻搭,已经沉沉睡去了。小鸡子在街上卖的时候,正是余老五呼呼大睡的时候。他得接连睡几天。——鸭子比较简单,连床也不用上;难的是鸡。

小鸡跟真正的春天一起来,气候也暖和了,花也开了。而小鸭子接着就带来了夏天。画"春江水暖鸭先知"的,往往画出黄毛小鸭。这是很自然的,然而季节上不大对。桃花开的时候小鸭还没有出来。小鸡小鸭都放在浅扁的竹笼里卖。一路走,一路啾啾地叫,好玩极了。小鸡小鸭都很可爱。小鸡娇弱伶仃,小鸭傻气而固执。看它们在竹笼里挨挨挤挤,窜窜跳跳,令人感到生命的欢悦。捉在手里,那点轻微的挣扎搔挠,使人心中砰砰[1]然,胸口痒痒的。

余大房何以生意最好?因为有一个余老五。余老五是这行的状元。余老五何以是状元?他炕出来的鸡跟别家的摆在一起,来买的人一定买余老五炕出的鸡,他的鸡特别大。刚刚出炕的小鸡照理是一般大小,上戥子称,份量差不多,但是看上去,他的小鸡要大一圈!那就好看多了,当然有人买。怎么能大一圈呢?他让小鸡的绒毛都出足了。鸡蛋下了炕,几十个时辰,可以出炕了,别的师傅都不敢等到最后的限度,生怕火功水气错一点,一炕蛋整个的废了,还是稳一点。想等,没那个胆量。余老五总要多等一个半个时辰。这一个半个时辰是最吃紧的时候,半个多月的功夫就要在这一会见分晓。余老五也疲倦到了极点,然而他比平常更警醒,更敏锐。他完全变了一个人。眼睛塌陷了,连颜色都变了,眼睛的光彩近乎疯狂。脾气也大了,动不动就恼怒,简直碰他不得,专断极了,顽固极了。很奇怪,他这时倒不走

---

[1] "砰砰"疑为"怦怦"。——编者注

鸡鸭名家

近火炕一步，只是半倚半靠在小床上抽烟，一句话也不说。木床、棉絮，一切都准备好了。小徒弟不放心，轻轻来问一句："起了吧？"摇摇头。——"起了吧[1]？"还是摇摇头，只管抽他的烟。这一会正是小鸡放绒毛的时候。这是神圣的一刻。忽而作然而起："起！"徒弟们赶紧一窝蜂似的取出来，简直是才放上床，小鸡就啾啾啾啾纷纷出来了。余老五自掌炕以来，从未误过一回事，同行中无不赞叹佩服。道理是谁也知道的，可是别人得不到他那种坚定不移的信心。这是才分，是学问，强求不来。

余老五炕小鸭亦类此出色。至于照蛋、煨火，是尤其余事了。

因此他才配提了紫砂茶壶到处闲聊，除了掌炕，一事不管。人说不是他吃老板，是老板吃着他。没有余老五，余大房就不成其为余大房了。没有余大房，余老五仍是一个余老五。什么时候，他前脚跨出那个大门，后脚就有人替他把那把紫砂壶接过去。每一家炕房随时都在等着他。每年都有人来跟他谈的，他都用种种方法回绝了。后来实在麻烦不过，他就半开玩笑似地说："对不起，老板连坟地都给我看好了！"

---

[1] 初版本"吧"均为"罢"，《汪曾祺短篇小说选》仅此处为"罢"，统改为"吧"。——编者注

父亲说,后来余大房当真在泰山庙后,离炕房不远处,给他找了一块坟地。附近有一片短松林,我们小时常上那里放风筝。蚕豆花开得闹嚷嚷的,斑鸠在叫。

余老五高高大大,方肩膀,方下巴,到处方。陆长庚瘦瘦小小,小头,小脸。八字眉。小小的眼睛,不停地眨动。嘴唇秀小微薄而柔软。他是一个农民,举止言词都像一个农民,安份,卑屈。他的眼睛比一般农民要少一点惊惶,但带着更深的绝望。他不像余老五那样有酒有饭,有寄托,有保障。他是个倒霉人。他的脸小,可是脸上的纹路比余老五杂乱,写出更多的人性。他有太多没有说出来的俏皮笑话,太多没有浪费的风情,他没有爱抚,没有安慰,没有吐气扬眉,没有……他是个很聪明的人,乡下的活计没有哪一件难得倒他。许多活计,他看一看就会,想一想就明白。他是窑庄一带的能人,是这一带茶坊酒肆、豆棚瓜架的一个点缀,一个谈话的题目。可是他的运气不好,干什么都不成功。日子越过越穷,他也就变得自暴自弃,变得懒散了。他好喝酒,好赌钱,像一个不得意的才子一样,潦倒了。我父亲知道他的本事,完全是偶然;他表演了那么一回,也是偶然!

母亲故世之后,父亲觉得很寂寞无聊。母亲葬在窑庄。窑庄有我们的一块地。这块地一直没有收成,沙性很重,种稻种麦，都不相宜，只能种一点豆子，长草。北乡这种瘦地很多，叫做"草田"。父亲想把它开辟成一个小小农场，试种果树、棉花。把庄房收回来，略事装修，他平日就住在那边，逢年过节才回家。我那时才六岁，由一个老奶妈带着，在舅舅家住。有时老奶妈送我到窑庄来住几天。我很少下乡，很喜欢到窑庄来。

我又来了！父亲正在接枝。用来削切枝条的，正是这把拾掇鸭胗的角柄小刀。这把刀用了这么多年了，还是刀刃若新发于硎。正在这时，一个长工跑来了：

"三爷，鸭都丢了！"

佃户和长工一向都叫我父亲为"三爷"。

"怎么都丢了？"

这一带多河沟港汊，出细鱼细虾，是个适于养鸭的地方。有好几家养过鸭。这块地上的老佃户叫倪二，父亲原说留他。他不干，他不相信从来没有结过一个棉桃的地方会长出棉花。他要退租。退租怎么维生？他要养鸭。从来没有养过鸭，这怎么行？他说他帮过人，懂得一点。没有本钱，没有本钱想跟三爷借。父亲觉得让他种了多年草田，应该借给他钱。不过很替他担心。父亲也托他买了一百只小鸭，由他代养。事发生后，他居然把一趟鸭养得不坏。棉花也长出来了。

"倪二，你不相信我种得出棉花，我也不相信你养得好鸭子。现在地里一朵一朵白的，那是什么？"

"是棉花。河里一只一只肥的，是——鸭子！"

每天早晚，站在庄头，在沉沉雾霭，淡淡金光中，可以看到他喳喳叱叱赶着一大群鸭子经过荡口，父亲常常要摇头：

"还是不成，不'像'！这些鸭跟他还不熟。照说，都就要卖了，那根赶鸭用的篙子就不大动了，可你看他那忙乎劲儿！"

倪二没有听见父亲说什么，但是远远地看到（或感觉到）父亲在摇头，他不服，他舞着竹篙，说："三爷，您看！"

他的意思是说：就要到八月中秋了，这群鸭子就可以赶到南京或镇江的鸭市上变钱。今年鸡鸭好行市。到那时三爷才佩服倪二，知道倪二为什么要改行养鸭！

放鸭是很苦的事。问放鸭人，顶苦的是什么？"冷清"。放鸭和种地不一样。种地不是一个人，撒种、车水、薅草、打场，有歌声，有锣鼓，呼吸着人的气息。养鸭是一种游离，一种放逐，一种流浪。一大清早，天才露白，撑一个浅扁小船，仅容一人，叫做"鸭撇子"，手里一根竹篙，篙头系着一把稻草或破蒲扇，就离开村庄，到茫茫的水里去了。一去一天，到天擦黑了，才回来。下雨天穿蓑衣，太阳大戴个笠子，天凉了多带一件衣服。"连一个说话的人都没有。"远远地，偶尔可以听到远远的一两声人声，可是眼前只是一群扁毛畜生。有人爱跟牛、羊、猪说话。牛羊也懂人话。要跟鸭子谈谈心可是很困难。这些东西只会呱呱地叫，不停地用它的扁嘴呷喋呷喋地吃。

可是，鸭子肥了，倪二喜欢。

前两天倪二说，要把鸭子赶去卖了。他算了算，刨去行佣、卡钱，连底三倍利。就要赶，问父亲那一百只鸭怎么说，是不是一起卖。今天早上，父亲想起留三十只送人，叫一个长工到荡里去告诉倪二。

"鸭都丢了！"

倪二说要去卖鸭，父亲问他要不要请一个赶过鸭的行家帮一帮，怕他一个人应付不了。运鸭，不像运鸡。鸡是装了笼的。运鸭，还是一只小船，船上装着一大卷鸭圈，干粮，简单的行李，人在船，鸭在水，一路迤迤逦逦地走。鸭子路上要吃活食，小鱼小虾，运到了，才不落膘掉斤两，精神好看。指挥鸭阵，划撑小船，全凭一根篙子。一程十天半月。经过长江大浪，也只是一根竹篙。晚上，找一个沙洲歇一歇。这赶鸭是个险事，不是外行冒充得来的。

"不要！"

他怕父亲再建议他请人帮忙，留下三十只鸭，偷偷地一早把鸭赶过荡,准备过白莲湖,沿漕河,过江。

长工一到荡口,问人:

"倪二呢?"

"倪二在白莲湖里。你赶快去看看。叫三爷也去看看。一趟鸭子全散了!"

"散了",就是鸭子不服从指挥,各自为政,四散逃窜,钻进芦丛里去了,而且再也不出来。这种事过去也发生过。

白莲湖是一口不大的湖,离窑庄不远。出菱,出藕,藕肥白少渣。二五八集期,父亲也带我去过。湖边港汊甚多,密密地长着芦苇。新芦苇很高了,黑森森的。莲蓬已经采过了,荷叶的颜色也发黑了。人过时常有翠鸟冲出,翠绿的一闪,快如疾箭。

小船浮在岸边,竹篙横在船上。倪二呢?坐在一家晒谷场的石辘轴上,手里的瓦块毡帽攥成了一团,额头上破了一块皮。几个人围着他。他好像老了十年。他疲倦了。一清早到现在,现在已经是下午了,他跟鸭子奋斗了半日。他一定还没有吃过饭。他的饭在一个布口袋里,——一袋老锅巴。他木然地坐着,一动不动。不时把脑袋抖一抖,倒像受了震动。——他的脖子里有好多道深沟,一方格,一方格的。颜色真红,好像烧焦了似的。老那么坐着,脚恐怕要麻了。他的脚显出一股傻相。

父亲叫他:

"倪二。"

他像个孩子似的哭起来。

怎么办呢?

围着的人说:

"去找陆长庚,他有法子。"

"哎,除非陆长庚。"

"只有老陆,陆鸭。"

陆长庚在哪里?

"多半在桥头茶馆。"

桥头有个茶馆,是为鲜货行客人、蛋行客人、陆陈行客人谈生意而设的。区里、县里来了什么大人物,也请在这里歇脚。卖清茶,也代卖纸烟、针线、香烛纸祃[1]、鸡蛋糕、芝麻饼、七厘散、紫金锭、菜种、草鞋、写契的契纸、小绿颖毛笔、金不换黑墨、何通记纸牌……总而言之,日用所需,应有尽有。这茶馆照例又是闲散无事人聚赌耍钱的地方。茶馆里备有一副麻将牌(这副麻将牌丢了一张红中,是后配的),一副牌九。推牌九时下旁注的比坐下拿牌的多,站在后面呼幺喝六,呐喊助威。船从桥头过,远

---

[1] 祃指古代军队出征时在驻扎的地方举行的祭祀。据文意应为"纸马"。——编者注

远地就看到一堆兴奋忘形的人头人手。船过去,还听得吼叫:"七七八八——不要九!"——"天地遇虎头,越大越封侯!"常在后面斜着头看人赌钱的,有人指给我们看过,就是陆长庚,这一带放鸭的第一把手,浑号陆鸭,说他跟鸭子能通话,他自己就是一只成了精的老鸭。——瘦瘦小小,神情总是在发愁。他已经多年不养鸭了,现在见到鸭就怕。

"不要你多,十五块洋钱。"

赌钱的人听到这个数目都捏着牌回过头来:十五块!十五块在从前很是一个数目了。他们看看倪二,又看看陆长庚。这时牌九桌上最大的赌注是一吊钱三三四,天之九吃三道。

说了半天,讲定了,十块钱。他不慌不忙,看一家地杠通吃,红了一庄,方去。

"把鸭圈拿好。倪二,赶鸭子进圈,你会的?我把鸭子吆上来,你就赶。鸭子在水里好弄,上了岸,七零八落的不好捉。"

这十块钱赚得太不费力了!拈起那根篙子(还是那根篙,他拈在手里就是样儿),把船撑到湖心,人仆在船上,把篙子平着,在水上扑打了一气,嘴里喷喷喷咕咕咕不知道叫点什么,赫!——都来了!鸭子四面八方,从芦苇缝里,好像来争抢什么东西似的,拼命地拍着翅膀,挺着脖子,一

鸡鸭名家

起奔向他那里小船的四围来。本来平静寥阔的湖面，骤然热闹起来，一湖都是鸭子。不知道为什么，高兴极了，喜欢极了，放开喉咙大叫，"呱呱呱呱……"不停地把头没进水里，爪子伸出水面乱划，翻来翻去，像一个一个小疯子。岸上人看到这情形都忍不住大笑起来。倪二也抹着鼻涕笑了。看看差不多到齐了，篙子一抬，嘴里曼声唱着，鸭子马上又安静了，文文雅雅，摆摆摇摇，向岸边游来，舒闲整齐有致。兵法：用兵第一贵"和"。这个"和"字用来形容这些鸭子，真是再恰当不过了。他唱的不知是什么，仿佛鸭子都爱听，听得很入神，真怪！

这个人真是有点魔法。

"一共多少只？"

"三百多。"

"三百多少？"

"三百四十二。"

他拣一个高处，四面一望。

"你数数。大概不差了。——嗨！你这里头怎么来了一只老鸭？"

"没有，都是当年的。"

"是哪家养的老鸭教你裹来了！"

倪二分辩。分辩也没用。他一伸手捞住了。

"它屁股一撅,就知道。新鸭子拉稀屎,过了一年的,才硬。鸭肠子搭头的那儿有一个小箍道,老鸭子就长老了。你看看!裹了人家的老鸭还不知道,就知道多了一只!"

倪二只好笑。

"我不要你多,只要两只。送不送由你。"

怎么小气,也没法不送他。他已经到鸭圈子提了两只,一手一只,拎了一拎。

"多重?"

他问人。

"你说多重?"

人问他。

"六斤四,——这一只,多一两,六斤五。这一趟里顶肥的两只。"

"不相信。一两之差也分得出,就凭手拎一拎?"

"不相信?不相信拿秤来称。称得不对,两只鸭算你的;对了,今天晚上上你家喝酒。"

到茶馆里借了秤来,称出来,一点都不错。

"拎都不用拎,凭眼睛,说得出这一趟鸭一个一个多重。不过先得大叫一声。鸭身上有毛,毛蓬松着看不出来,得惊它一惊。一惊,鸭毛就紧了,贴在身上了,这就看得哪只肥,哪只瘦。晚上喝酒了,茶馆里会。不让你费事,鸭杀好。"

他刀也不用,一指头往鸭子三岔骨处一捣,两只鸭挣扎都不挣扎,就死了。

"杀的鸭子不好吃。鸭子要吃呛血的,肉才不老。"

什么事都轻描淡写,毫不装腔作势。说话自然也流露出得意,可是得意中又还有一种对于自己的嘲讽。这是一点本事。可是人最好没有这点本事。他正因为有这些本事,才种种不如别人。他放过多年鸭,到头来连本钱都蚀光了。鸭瘟。鸭子瘟起来不得了。只要看见一只鸭子摇头,就完了。还不像鸡。鸡瘟还有救,灌一点胡椒、香油,能保住几只。鸭,一个摇头,个个摇头,不大一会,都不动了。好几次,一趟鸭子放到荡里,回来时就剩自己一个人了。看着死,毫无办法。他发誓,从此不再养鸭。

"倪老二,你不要肉疼,十块钱不白要你的,我给你送到。今天晚了,你把鸭圈起来过一夜。明天一早我来。三爷,十块钱赶一趟鸭,不算顶贵噢?"

他知道这十块钱将由谁来出。

当然,第二天大早来时他仍是一个陆长庚:一夜"七戳五在手",输得光光的。

"没有!还剩一块!"

这两个老人怎么会到这个地方来呢?他们的光景过得怎

么样了呢?

          一九四七年初,写于上海

艺 术 家

抽烟的多，少；悠缓，猛烈；可以作为我的灵魂状态的纪录。在一个艺术品之前，我常是大口大口的抽，深深的吸进去，浓烟淊满全肺，然后吹灭烛火似的撮着嘴唇吹出来。夹着烟的手指这时也满带表情。抽烟的样子最足以显示体内潜微的变化，最是自己容易发觉的。

只有一次，我有一次近于"完全"的经验。在一个展览会中，我一下子没到很高的情绪里。我眼睛睁大，瞇住；胸部开张，腹下收小，我的确感到我的踝骨细起来；我走近，退后一点，猿行虎步，意气扬扬；我想把衣服全脱了，平贴着卧在地下。沉酣了，直是"尔时觉一座无人"。我对艺术的要求是能给我一种高度的欢乐，一种仙意，一种狂；我想

---

* 初刊于一九四七年五月十日、十一日《经世日报》，初收于《邂逅集》。

一下子砸碎在它面前，化为一阵青烟，想死，想"没有"了。这种感情只有恋爱可与之比拟。平常或多或少我也享受到一点，为有这点享受，我才愿意活下去，在那种时候我可以得到生命的实证；但"绝对的"经验只有那么一次。我常常为"不够"所苦，像爱喝酒的人喝得不痛快，不过瘾，或是酒里有水，或是才馋起来酒就完了。或是我不够，或是作品本身不够。真正笔笔都到了，作者处处惬意，真配（作者自愿）称为"杰作"的究竟不多；（一个艺术家不能张张都是杰作，真苦！）欣赏的人又不易适逢其会的升华到精纯的地步，所以狂欢难得完全。我最易在艺术品之前敏锐的感到灵魂中的杂质，沙泥，垃圾，感到不满足，我确确实实感觉到体内的石灰质。这个时候我想尖起嗓子来长叫一声，想发泄，想破坏；最后是一团涣散，一阵空虚掩袭上来，归于平常，归于俗。

我想学音乐的人最有福，但我于此一无所知；我有时不甘隔靴搔痒，不甘用累赘笨重的文字来表达，我喜欢画。用颜色线条究竟比较直接得多，自由得多。我对于画没有天份；没有天份，我还是喜欢拿起笔来乱涂，虽不能至，心向往之。而结果都是愤然掷笔，想痛哭。要不就是"寄沉痛于悠闲"，我会很滑稽的唱两句流行歌曲，说一句下流粗话，摹仿舞台上的声调向自己说："可怜的，亲爱的××，你可以睡了。"我画画大都在深夜,(如果我有个白天可以练习的环境,也许我可以做一个"美术放大"的画师吧!)种种怪腔,无人窥见,尽管放心。

从我的作画与看画(其实是一回事)的经验,我明白"忍耐"是个甚么东西;抽着烟,我想起米盖朗皆罗,——这个巨人,这个王八旦!我也想起白马庙,想起白马庙那个哑吧画家。

白马庙是昆明城郊一小村镇,我在那里住了一些时候。搬到白马庙半个多月我才走过那座桥。

在从前,对于我,白马庙即是这个桥,桥是镇的代表。——我们上西山回来,必经白马庙。爬了山,走了不少路;更因为这一回去,不爬山,不走路了,人感到累。回来了,又回到一成不变的生活,又将坐在那个办公桌前,又将吃那位"毫无想象"的大师傅烧出来的饭菜,又将与许多熟脸见面,招呼,(有几张脸现在即在你身边,在同一条船上!)一想到这个,真累。没有法子,还是乖乖的,帖然就范,不作陡[1]然的反抗。但是,有点悯然了。这点悯然实在就是一点反抗,一点残余的野。于是抱头靠在船桄上,不说话,眼睛空落落看着前面。看样子,倒真好像十分怀念那张

---

1 "陡"疑为"徒"。——编者注

极有个性而颇体贴的跛脚椅子,想于一杯茶,一枝烟,一点"在家"之感中求得安慰似的。于是你急于想"到",而专心一意于白马庙。到白马庙,就快了,到白马庙看得见城内的万家灯火。——但是看到白马庙者,你看到的是那座桥。除桥而外,一无所见,房屋,田畴,侧着的那棵树,全附属于桥,是桥的一部份。(自然,没有桥,这许多景物仍可集中于另一点上,而指出这是白马庙。然而有桥呀,用不着假设。)我搬来之时即冉冉升起一个欲望:从桥上走一走。既然这个桥曾经涂抹过我那么多感情,我一直从桥下过,(在桥洞里有一种特别感觉,一种安全感,有如在母亲怀里,在胎里,)我极想以新证旧,从桥上走一走。这么一点小事,也竟然搁了半个多月!我们的日子的浪费呀。

这一天我终于没有甚么"事情"了,我过了桥,我到一个小茶馆里去坐坐。我早知道那边有个小茶馆。我没有一直到茶馆里去,我在堤边走了半天,看了半天。我看麦叶飘动,看油菜花一片,看黄昏,看一只黑黑的水牯牛自己缓步回家,看它偏了头,好把它的美丽的长角顺进那口窄窄的门,我这才去"访"这家茶馆。

第一次去,我要各处看看。

进一个有门框而无门的门是一个一头不过的短巷。巷子一头是一个半人高的小花坛。花坛上一盆茶花。(和其他几色花木,杜鹃,黄杨,迎春,罗汉松。)我的心立刻落在茶花上了。我脚下走,我这不是为喝茶而走,是走去看茶花。我一路看到茶花面前。我爱了花。这是我见过的最好的茶花,(云南多茶花,)仿佛从我心里搬出来放在那儿的。花并不出奇,地位好。暮色沉沉,朦胧之中,红焰焰的,分量刚对。我想用舌尖舔舔花,而我的眼睛像蝴蝶从花上起来时又向前伸了出去,定在那里了,花坛后面粉壁上有画,画教我不得不看。

画以墨线钩勒而成,再敷了色的。装饰性很重,可以说是图案,(一切画原都是图案,)而取材自写实中出。画若须题目,题目是"茶花"。填的颜色是黑,翠绿,赭石和大红。作风倩巧而不卖弄;含浑,含浑中觉出一种安份,然而不凝滞。线条严紧匀直,无一处虚弱苟且,笔笔诚实,不笔在意先,无中生有,不虚妄。各部份平均,对称,显见一种深厚的农民趣味。

谁在这里画了这么一壁画?我心里沉吟,沉吟中已转入花坛对面一小侧门,进了屋了。我靠窗坐下,窗外是河。我招呼给我泡茶。

——这是……这是一个细木作匠手笔;这个人曾在苏州或北平从名师学艺,熟习许多雕刻花式,熟能生巧,遂能自己出样;因为战争:辗转到了此地,或是回乡,回到自己老家,住的日子久了,无适当事情可作,才能跃动,偶尔兴作,来借这堵粉壁小试牛刀来了?……

这个假设看来亦近情理,然而我笑了。我笑那个为我修板壁的木匠。

我一搬来,一看,房子还好,只是须做一个板壁隔一隔。我请人给我找个木匠来。找了三天,才来,说还是硬挪腾出时候来的。他鞋口里还嵌着锯屑,果然是很忙的样子。这位木匠师傅样子极像他自己脚上那双方方的厚底硬帮子青布鞋子。他钉钉刨刨,刨刨钉钉,整整弄了三天,一丈来长的壁子还是一块一块的稀着缝,他自己也觉得板壁好像不应当是这样的,看看板壁看看我,笑了:

"像入伍新兵,不会看齐!"

我只有随着他说:"更像是壮丁队,才从乡下抓来,没有穿制服,颜色黑一块白一块。"而且,最后一块还是我自己钉上去的。他闺女来报信,说家里猪病了,看样子不大好,他撒下锄头就跑,我没有办法,只有追出去,请他把含在嘴里的洋钉吐出来给我,自己动手。这一去,不回来了,过了两天才来取回他的傢俬。不知是猪好了,还是连猪带病吃在他的肚子里了。这个人长于撩天[1],说话极有风趣,作活实在不大在行。——哦,我还欠他一顿酒呢,他老是东拉西

---

1 "撩天"即"聊天"。——编者注

扯的没个完,谈到得意处,把斧头凿子全撂在一边,尽顾伸手问我:"美国烟可还有?"我说:"烟有,可是你一边做事一边抽烟。先把板壁钉好,否则我要头痛伤风,有趣的话太多,二天我打二斤升掺市,切一盘猪耳朵,咱们痛痛快快谈谈。"这个约不必真,却也不假,他想当记在心里。可别看这位大师傅呀!他说乡下生活本来只是修水车,钉船桨,板壁不大有人家有,所以弄得不顶理想;但是除了他,更没有人干得了;白马庙一带从来就是他家三代单传,泥木两作,所以他那么忙。

这个画当然不可能是他画的!

乡下房子暗,天又晚了,黑沉沉的。眼睛拣亮处看,外头还有光,所以我坐近窗口。来喝茶的目的还就是想凭窗而看,河里船行,岸上人走,一切在逐渐深浓起来的烟雾中活动,脉脉含情,极其新鲜;又似曾相识,十分亲切。水草气味,淤泥气味,烧饭的豆秸烟微带忧郁的焦香,窗下几束新竹,给人一种雨意,人"远"了起来。我这样望了很久,直到在场上捉迷藏的孩子都回了家,田里的苜蓿消失了紫色,野火在远远的山头晶明的游动起来,我才回过身来。

我想起口袋里的一本小书,一个朋友今天刚送我的。我想这本书想到多时,终于他给我找到一本了。我抽出书来,用手摸摸封面。这时我本没有看书的意思,只是想摸摸它罢了，而坐在炉旁的老板看见了，他叫他的小老二拿灯。为了我拿灯，多不好意思；我想说，不要，不必，我倒愿意这么黑黑的坐着，这一说，更麻烦，老板必以为我是客气；好了，拿就拿吧。

灯来了，好亮，是电石灯。有人喝住小老二：

"挂在那边得了，有臭气，先生闻不惯。"

我这才看见，这可不是我们三代单传，泥木两作的大师傅吗！久违了。刚才我似乎觉得角落上有人伏在桌上打瞌睡，黑影中看不清，他是甚么时候梦回莺睐的醒来了？好极了，这个时候有人撩撩再好没有。他过来，我过去；我掏烟，他摸火柴，但是他火柴划着了时我不俯首去点烟，小老二灯挂在柱子上，灯光照出，墙上也有画！我搁下他，尽顾看画了。走到墙前，我自己点了烟。

一望而知与花坛后面的是同一手笔，画的仍是茶花，仍是墨线钩成，敷以朱黑赭绿，墙有三丈多长，高二丈许，满墙都是画，设计气魄大，笔画也很整饬。笔画经过一番苦心，一番挣扎，多少割舍，一个决定；高度的自觉之下透出丰满的精力，纯澈的情欲；克己节制中成就了高贵的浪漫情趣，各部份安排得对极了，妥贴极了。干净，相当简单，但不缺少深度。真不容易，不说别的，四尺长的一条线从头到底在一个力量上，不踟蹰，不衰竭！如果刚才花坛后面的还有稿样的意思，深浅出入多少有可以商量地方，这一幅则作者已做到至矣尽矣地步。他一边洗手，一边依依的看一看，又看一看自己作品，大概还几度把湿的手在衣服上随便哪里擦一擦，拉起笔又过去描那么两下的；但那都只是细节，极不重要，是作者舍不得离开自己作品的表示而已，他此时"提刀却立，踌躇满志"，得意达于极点，真正是"虽南面王不与易也"。这点得意与这点不舍，是他下次作画的本钱。不信试再粉白一堵墙壁，他准立刻又会欣然命笔。他馀勇可贾，灵感尚新。但是一洗完手，他这才感到可真有点累了。他身体各部份松下来，由一个艺术家变为一个常人，好适应普通生活，好休息。好老板，给他泡的茶在哪里？他最好吃一点甜甜的，厚厚的，一咬满口的，软软的点心，像吉庆祥的重油蛋糕即很好。

Ladies and gentlemen，来！大家一齐来，为我们的艺术家欢呼，为艺术的产生欢呼！

我站着看，看了半天，我已经抽了三枝烟，而到第四根烟掏出来，刁上，点着时，我知道我身后站着的茶馆老板，木匠师傅，甚至小老二，会告诉我许多事，我把茶杯端到当中一张桌子上，请他们说。

（啊，怎么半天不见一个人来喝茶？）

茶馆老板一望而知是个阅历极深的人。他眼睛很黑，额上皱纹深，平，一丝不乱，唇上一抹整整齐齐的浓八字胡子，他声音深沉，而清哓，说得很慢，很有条理，有时为从记忆中汲取真切的印象，左眼皮常常搭一点下来，手频频抚摸下巴，——手上一个羊脂玉扳指。我两手搁在茶碗盖上，头落在手上，听他娓娓而说。

这是村子里一个哑吧画的。这个人出身农家，却不知为甚么的，自小就爱画，别的孩子捉田鸡烧蚱蜢吃，他画画；别的孩子上树掏鸟蛋，下河摸螺蛳，他画画；人抽陀螺，放风筝，他画画；黄昏时候大家捉迷藏，他画画；别人干别的，他画画，有人教过他么？——没有。他简直没有见过一个人画之前自己就已经开始能把看到的东西留个样子下来了，他见甚么，画甚么；有甚么，在甚么上画。平常倒也一样，小时能吃饭，大了学种田，一画画，他就痴了。乡下人见得少，却并不大惊小怪，他爱画，随他画去吧。他是个哑子，不能唱花灯，歪连厢，画正好让他松松，乐乐。大家见他画得不比城里摆摊子画花样的老太太画得差，就有人拿鞋面，拿枕头帐檐之类东西让他画。一到有人家娶媳妇嫁女儿，他都要忙好几天。那个时候村子里姑娘人人心中搁着这个哑吧。

"我出过门，南北东西也走过数省，我真真假假见过一点画，一懂不懂，我喜欢看。我看哑吧画的跟画花样的老婆子的不一样,倒跟那些古画有些地方相同。我说不出来,……"

老板逐字逐句的说,越慢,越沉。我连连点头,我试体会老板要说而迟疑着的意思:

"比如说,他画得'活',画里有一种东西,一种说不出来的东西,看久了,人会想,想哭?"

老板点头,点头很郑重其事。我看到老板眼中有一点湿意。

"从前他没事常来我这里坐坐,我早就有意想请他给我画点东西。他让我买了几样颜色,说画就画。外头那个画得快。里头这张画了好些时候。他老是对着墙端详,端详,比来比去的比,这么比那么比。……"

老板大姆[1]指摸他的扳指,摸来,摸去,眼睛看在扳指上,眉头锁了一点起来。水开了,漫出壶外,嗤嗤的响。老板起来,为我提水来冲,并通了通炉子。我对着墙,细起眼睛看,似乎墙已没有了,消失了:剩下画,画凸出来,凌空而在。水冲好了,我喝了一口茶,好酽,我问:

"现在?——"

老板知道我问甚么,水壶往桌上一顿:

"唉,死了还不到半年。"

---

1 "姆"今作"拇"。——编者注

我不知如何接下去说了。而木匠忽然呵呵大笑起来,笑得上气不接下气,我愕然。他说出来,他笑的是哑吧喜欢看戏,看起怪有味。他以为听又听不见,红脸杀黑脸,看个甚么!

灯光太亮,我还是挪近窗口坐坐。窗外已经全黑了,星星在天上。水草气更浓郁,竹声萧萧。水流,静静的流,流过桥桩,旋出一个一个小涡,转一转,顺流而下。我该回去了,我看见我所住的小楼上已有灯光,有人在等我。

散步回来之后,我一直坐在这里,坐在这张临窗的藤椅里。早晨在一瓣一瓣的开放。露水在远处的草上濛濛的白,近处的晶莹透澈,空气鲜嫩,发香,好时间,无一点宿气,未遭败坏的时间,不显陈旧的时间。我一直坐在这里,坐在小楼的窗前。树林,小河,蔷薇色的云朵,路上行人轻捷的脚步……一切很美,很美。

一清早,天才亮,我在庙前河边散步,一个汉子挑了两桶泔水跟我擦身而过,七成新的泔水桶周围画了一带极其细密缠绵的串枝莲,笔笔如同乌金嵌出的。

我走了很久,很久。我随便拿起一本书,翻,翻,摊在我面前的是龚定盦的《记王隐君》:

"于外王父篋中见书一诗,不能忘。于西湖僧经中见书心经，蠹且半，如遇箧中诗，益不能忘。"[1]

---

[1] 据《龚自珍全集》(上海人民出版社一九七五年版)，此处为："于外王父段先生废簏中见一诗，不能忘。于西湖僧经箱中见书心经，蠹且半，如遇箧中诗也，益不能忘。"——编者注

落　魄

他为什么要到"内地"来？不大可解，也没有人问过他。自然，你现在要是问我究竟为什么大远的跑到昆明过那么几年，我也答不上来。为了抗战？除了下乡演演《放下你的鞭子》，我没有为抗战做过多少事。为了读书，大学都"内迁"了。有那么一点浪漫主义，年纪轻，总希望向远处跑，向往大后方。总而言之，是大势所趋。有那么一股潮流，把我一带，就带过了千山万水。这个人呢？那个潮流似乎不大可能涉及到他。我们那里的人都安土重迁，出门十五里就要写家书的。我们小时听老人经常告诫的两件事，一是"万恶的

---

* 初刊于《文讯》一九四七年第七卷第五期，初收于《邂逅集》。此据《汪曾祺短篇小说选》所收作者修改本排印，文后写作时间为作者修改时所注，初刊本文后注为"三十六年六月"。

社会"，另一件就是行旅的艰难。行船走马三分险，到处都是扒手、骗子，出了门就是丢了一半性命。他是四十边上的人了，又是站柜台"做店"的。做店的人，在附近三五个县城跑跑，就是了不起的老江湖，对于各地的茶馆、澡堂子、妓院、书场、镇水的铜牛、肉身菩萨、大庙、大蛇、大火灾……就够他向人聊一辈子，见多识广，社会地位高于旁人，他却当真走了几千里，干什么？是在家乡做了什么丢脸的事，或呕了气，一跺脚，要到一个亲戚朋友耳目所不及的地方来创一番事业，将来衣锦荣归，好向家中妻子儿女说一声"我总算对得起你们"？看他不像是个会咬牙发狠的人。他走路说话全表示他是个慢性子，是女人们称之为"三棍子打不出一个闷屁来"的角色。也许是有个亲戚要到内地来做事，需要一个能写字算账的身边人。机缘凑巧，他就决定跟着来"玩玩"了？不知道。反正，他就是来了。而且做了完全另外一种人。

到我们认识他时，他开了个小馆子，在我们学校附近。

大学生都是消化能力很强的人。初到昆明时，大家的口袋里还带着三个月至半年的用度，有时还能接到一笔汇款，稍有借口，或谁过生日，或失物复得，或接到一封字迹娟秀的信，或什么理由都没有，大家"通过"一下，就可以派一个人做东请客。在某个限度内还可以挑一挑地方。有人说，开了个扬州馆子,那就怎么也得巧立名目去吃他一顿。

学校附近还像从前学校附近一样,开了许多小馆子。开馆子的多是外乡人,山东、河北、江西、湖南的,都有。在昆明,只要不说本地话,任何外乡口音的,都可认作大同乡。一种同在天涯之感把掌柜、伙计和学生连接起来。学生来吃饭,掌柜的、伙计(如果他们闲着),就坐在一边谈天说地;学生也喜欢到锅灶旁站着,一边听新闻故事,一边欣赏炒菜艺术。这位扬州人老板,一看就和别的掌柜的不一样。他穿了一身铁机纺绸裌裤在那儿炒菜。盘花纽扣,纽绊拖出一截银表链。雪白的细麻纱袜,浅口千层底礼服呢布鞋。细细软软的头发向后梳得一丝不乱。左手无名指上还套了个韭菜叶的金戒指。周身上下,斯斯文文。除了他那点流利合拍的翻锅执铲的动作,他无处像一个大师傅,像吃这一行饭的。这个馆子不大,除了他自己,只用了个本地孩子招呼客座,摆筷子倒茶。可是收拾得干干净净,木架上还放了两盆花。就是足球队员、跳高选手来,看看墙上菜单上那一笔成亲王体的字,也不好意思过于嚣张放肆了。

有时,过了热市,吃饭的只有几个人,菜都上了桌,他洗洗手,会捧了一把细瓷茶壶出来,客气几句:"菜炒得不好,这里的酱油不行","黄芽菜叫孩子切坏了,谁让他切的!——不能横切,要切直丝。"有时也谈谈时事,说点故乡消息，问问这里的名胜特产，声音低缓，慢条斯理。我们已经学会了坐茶馆。有时在茶馆里也可以碰到他，独自看一张报纸或支颐眺望街上行人。他还给我们付过几回茶钱，请我们抽烟。他抽烟也是那么慢慢的，一口一口地品尝，仿佛有无穷滋味。有时，他去蹓弯，两手反背在后面，一种说不出的悠徐闲散。出门稍远，则穿了灰色熟罗长衫，还带了把湘妃竹折扇。想来从前他一定喜欢养鸟，听王少堂说书，常上富春[1]坐坐的。他说他原在辕门桥一家大绸缎庄做事，看样子极像。然而怎么会到这儿来开一个小饭馆呢？这当中必有一段故事。他自己不谈，我们也不便问。

这饭馆常备的只有几个菜：过油肉、炒假螃蟹、鸡丝雪里蕻，却都精致有特点。有时跟他商量商量，还可请他表演几个道地扬州菜：狮子头、煮干丝、芙蓉鲫鱼……他不惜工本，做得非常到家。这位绸缎庄的"同事"想必在家很讲究吃食，学会了烹调，想不到竟改行作了红案师傅。照常情，这是降低身份了，不过，生意好，进账不错，他倒像不在意，高高兴兴的。

半年以来，店门关了几天，贴出了条子：修理炉灶，停业数天。

重新开张后，饭铺气象一新，一早上就坐满了人，人来

---

[1] 富春是扬州一家有名的大茶馆。

人往,川流不息。扬州人听从有人的建议,请了个南京的白案师傅来做包子下面,带卖早晚市了。我一去,学着扬州话,给他道了喜:

"恭喜恭喜!"

"托福托福,闹着玩的!"

扬州人完全明白我向他道喜的双重意义。恭喜他扩充了营业;同时我一眼就看到后面天井里有一个年轻女人坐着拣菜,穿得一身新,发髻上戴着一朵双喜字大红绒花。这扬州人在家乡肯定是有个家的。这女人的岁数也比他小得多。因此他有点不好意思。

不知道是谁给说的媒。这女人我们认得,是这条街上一个鸦片烟鬼的女儿。(这条街有一个富丽堂皇,古色古香的街名,叫做"凤矗街"。)我们常看见她蓬着头出来买咸菜,买壁虱(即臭虫)药,买蚊烟香,脸色黄巴巴的,不怎么好看。可是因为年纪还轻,拢光了头发,搽了脂粉,就像换了一个人,以前看不出的好看处全露出来了。扬州人看样子很疼爱这位新娘子,不时回头看看,走过去在她耳边低低地说几句话;或让她偏了头,为她拈去头发上的一片草屑尘丝。他那个手势就比一首情诗还值得一看。扬州人自己也像年轻了许多。

白案上,那位南京师傅集中精神在做包子。他仿佛想把他的热情变成包子的滋味，全力以赴，揉面，摘面蒂，刮馅子，捏褶子，收嘴子，动作的节奏感很强。他很忙，顾不上想什么。但是今天是新开张，他一定觉得很兴奋。他的脑袋里升腾着希望，就像那蒸笼里冒出来的一阵一阵的热气。听他用力抽打着面团，声音钝钝的，手掌一定很厚，而且手指很短！他的脑袋剃得光光的，后脑勺挤成了三四叠，一用力，脑后的褶纹不停地扭动。他穿着一身老蓝布的衣裤，系着一条洋面口袋改成的围裙。周身上下，无一处不像一个当行的白案师傅，跟扬州人的那种"票友"风度恰成对比。

不知道什么道理，那一顿早点没有给我留下什么印象。猪肝面，加了一点菠菜、西红柿，淡而无味。我看了看墙上钉着的一个横幅，写了几个美术字："绿杨饭店"（不知是哪位大学生的大作），心想：三个月以后，这几个字一定会浸透了油气，活该！——我对猪肝和美术字一向都没有好感。

半年过去，很多人的家乡在不断"转进"（报纸上讳言败退，创造了一个新奇的名词）的战争中失去了。滇越铁路断了，昆明和"下江"邮汇不通，大学生的生活发生了很大的变化。很多学生在外面兼了差，教中学的，在拍卖行、西药铺当会计的，当家庭教师的，各行各业，无所不有。昆明每到中午十二点要放一炮，叫做"午炮"，据说放那一炮的也是我们的一位同学。有的做了生意，而且越做越大。还有一些对书本有兴趣,抱残守阙,除了领"贷金",在学校吃"八宝饭"(糙米中有砂粒、鼠矢种种东西),靠变卖衣物维持。附近有不少收买旧衣的,背着竹筐,往来吆唤。其中有一个中年妇女,嗓音极其脆亮,我一生很少听到这样好听的叫卖声音:"有——旧衣烂衫找来卖!"

学生的变化,自然要影响到绿杨饭店。

这个饭馆原来不大像一个饭馆,现在可完全像一个饭馆了,太像了。代表这个饭馆的,不再是扬州人,而是南京人了。原来扬州人带来的那点人情味和书卷气荡然无存。

那个南京人,第一天,我从他的后脑勺上就看出这是属于那种能够堆砌"成功"的人,一个非常现实的人。他抓紧机会,稳扎稳打,他知道钱是好的,活下来多不容易,举手投足都要代价。他一大早冲寒冒露从大西门赶到小南门去买肉,因为那里的肉要便宜一点;为了搬运两袋面粉,他可以跟挑夫说很多好话,或骂很多难听的话;他一边下面,一边拿眼睛瞟着门外过去的几驮子柴,估着柴的干湿分量(昆明卖柴是不约斤的,木柴都是骡马驮来,论驮卖);他拣去一片发黄的菜叶,丢到地下,拾起来,看一看,又放回案板上。他时常到别的饭铺门前转转,看看人家的包子是什么样子的,回来的路上就决定,他们的包子里还可以掺一点豆芽菜,放一点豆腐干……他的床是睡觉的,他的碗是吃饭的。

他不幻想，不喜欢花（那两盆花被他搬到天井角落里，干死了），他不聊闲天，不上茶馆喝茶，而且老打狗。他身边随时搁了一块劈柴，见狗就打。虽然他的肉高高地挂在房梁上，他还是担心狗吃了。他打狗打得很狠，一劈柴就把狗的后腿打折。这狗就拖着一条瘸腿嗥叫着逃走了。昆明的饭铺照例有许多狗，在人的腿边挤来挤去，抢吃骨头，只有绿杨饭店没有。这街上的狗都教他打怕了，见了他的影子就逃。没有多少时候，绿杨饭店就充满了他的"作风"。从作风的改变上，你知道店的主权也变了。不问可知，这个店已经是合股经营。南京人攒了钱，红利、工钱，加了自己的积蓄，入了股，从伙计变成了股东。我可以跟你打赌，从他答应来应活时那一天，就想到了这一步。

绿杨饭店的主顾有些变化，但生意没有发生太大影响。在外兼职的学生在拿到薪水后会来油油肠子。做生意的学生，还保留着学籍，选了课，考试时得来答卷子，平时也偶尔来听听课。他们一来，就要找一些同学"联络感情"，在绿杨饭店摆了一桌子菜，哄饮大嚼。抱残守阙者，有时觉得"口中淡出鸟来"，就翻出几件值一点钱的东西拿到文明新街一卖，——最容易卖掉的东西是工具书，《辞源》、《牛津字典》……到绿杨饭店来开斋。有一个四川同学家里寄来一件棉袍子，他约了几个人一同上邮局取出来，出了邮局大门，拆开包裹，把一件全新的棉袍搭在手臂上，就高声吆唤："哪个买这件棉袍！"然后，几个馋人，一顿就把一件新棉袍吃掉了。昆明冬天不冷，没有棉袍也过得去。

绿杨饭店的生意好过一阵，好得足以使这一带所有的饭馆为之侧目。这些饭铺的老板伙计全都对他关心。别以为他们都希望"绿杨"的生意坏。他们知道，"绿杨"的生意要是坏，他们也好不了。他们的命运既相妨，又相共。果然，过了一个高潮，绿杨饭店走了下坡路了，包子里的豆芽菜、豆腐干越掺越多，卖出去的包子越来越少。时间很快过了两年了。大学的学生，有的干脆弃学经商，在外地跑买卖，甚至出了国，到仰光，到加尔各达。有的还选了几门课，有的干脆休了学，离开书本，离开学校，也离开了绿杨饭店。在外兼职的，很多想到就要成家立业，娶妻生子，不再胡乱花钱（有一个同学，有一只小手提箱，里面粘了三十一个小牛皮纸口袋，每一口袋内装一个月中每一天的用度）。那一群抱残守阙的书呆子，可卖的衣物更少了。"有——破衣烂衫找来卖"的吆唤声音不常在学校附近出现了。凤翥街冷落了许多。开饭馆的江西人、湖南人、山东人、河北人全都风流云散，不知所终。绿杨饭店还开着。绿杨饭店犹如一面镜子，照出种种变化。镜子里是变色的猪肝、暗淡的菠菜、半生的或霉烂的西红柿，太阳光如一匹布，阳光中游尘飞舞。

那个女人的脸又黄下来，头发又蓬乱了。

然而绿杨饭店还是开着。

这当中我因病休了学。病好后在乡下一个朋友主持的中学里教几点钟课，很少进城。绿杨饭店的情形可以说不知道。一年中只去过一次。

一个女同学病了，我们去看她。有人从黑土洼采来了一大把玉簪花（黑土洼是昆明出产鲜花的地方，花价与青菜价钱差不多），她把花插在一个绿陶瓶里，笑了笑说："如果再有一盘白煮鱼，我这病就生得很像样子了！"她是扬州人。扬州人养病，也像贾府上一样，以"清饿"为主。病好之后，饮食也极清淡。开始动荤腥时，都是吃椒盐白煮鱼。我们为了满足她的雅兴和病中易有的思乡之情，就商量去问问扬州人老板，能不能像从前一样为我们配几个菜。由我和一个同学去办这件事。老板答复得很慢。但当那个同学说"要是费事，那就算了"时，他立刻就决定了，问："什么时候？"南京人坐在一边，不表示态度。出了绿杨饭店，我半天没有说话。同学问我是怎么啦，我说没有什么，我在想那个饭店。

吃饭的那天，南京人一直一声不响，也不动手，只是摸摸这，掇掇那。女人在灶下烧火。扬州人掌勺。他头发白了几根了。他不再那样潇洒，很像是个炒菜师傅了。不仅他的纺绸裤褂、好鞋袜、戒指、表链都没有了；从他下菜料、施油盐，用铲子抄起将好的菜来尝一尝，菜好了敲敲锅边，用抹布（好脏！）擦擦盘子，把刷锅水往泔水缸里一倒，用火钳夹起一片木柴歪着头吸烟，小指头搔搔发痒的眉毛，鼻子吸一吸吐出一口痰……这些等等，让人觉得这扬州人全变了。菜都上了桌，他从桌子底下拉过一张板凳（接过腿的），坐下，第一句话就是：

"什么都贵了，生意真不好做！"

听到这句话，南京人回过头来向我们这边看了看，脸色很不好看。南京人是一点也没有走样。他那个扁扁的大鼻子教我们想起前天应该跟他商量才对。这种平常不做的家乡菜，费工费事，扬州人又讲面子，收的钱很少，虽不赔本，但没有多少赚头。南京人一定很不高兴。他的不高兴分明地写在他的脸上。我觉得这两个人这两天一定吵了一架。不一定是为我们这一顿饭而吵的（希望不是）。而且从他们之间的神气上看，早已不很融洽了，开始吵架已经颇久的事了。照例大概是南京人嘟嘟囔囔，扬州人一声不响。可能总是那个女人为一点小事和南京人拌嘴，吵着吵着，就牵扯起过去许多不痛快的事，可以接连吵几天。事情很清楚，南京人现在的股本不比扬州人少。扬州人两口子吃穿，南京人是光棍一个，他们之间不会有什么会计制度，收支都是一篇糊涂账。从扬州人的衰萎的体态看起来，我疑心他是不是有时也抽口把鸦片烟。唔，要是当真，那可！

我看看南京人的肥厚的手掌和粗短的指头，忽然很同情他。似乎他的后脑勺没有堆得更高，全是扬州人的责任。

到我复学时，学校各处都还是那样，但又似乎都有些变化：都有一种顺天知命，随遇而安的样子。大图书馆还有那么一些人坐着看书。指定参考书不够。然而要多少本才够呢？于是就够了。草顶泥墙的宿舍还没有一间坍圮的。一间宿舍还是住四十人。一间宿舍住四十人太多了。然而多少人住一屋才算合理？一个人每天需要多久时间的孤独？于是这样也挺好。生物系的新生都要抄一个表：人的正常消耗是多少卡罗里。他们就想不出办法取得这些卡罗里。一个教授研究人们吃的刺梨和"云南橄榄"所含的维他命。这位教授身上的维他命就相当不足。路边的树都长得很高了，在月光中布下黑影。树影月光，如梦如水。学校里平平静静。一年之中，没有人自杀，也没有人发疯，也听不到有人痛哭。绿杨饭店已经搬了家，在学校的门外搭了一个永远像明天就会拆去的草棚子卖包子、卖面。

这个饭店是每下愈况了。南京人的脾气变得很暴躁。背着这爿半死不活的饭店，他简直无计可施，然而扔下它又似乎不行。他有点自暴自弃起来，时常看他弄了一碗市酒，闷闷地喝（他的络腮胡子乌猛猛的），忽然把拳头一擂桌子，大骂起来。他不知骂谁才好。若是扬州人和他一样的强壮,他也许会跳过去对着他的鼻子就是一拳,然而扬州人是一股窝囊样子,折垂了脖子,木然地看着哄在一块骨头上的一堆苍蝇。南京人看着他这付倒霉样子,一股邪火从脚心直升上来!扬州人的身体越来越不行了,背佝偻得很厉害。他的嘴角老是搭拉着,嘴老是半张着。他老是用左手挦着右臂的衣袖,上下推移。又不是搔痒,不知道干什么!他的头发还是向后梳着的,是用水湿了梳的,毫无光泽,令人难过。有人来了,他机械地站起来,机械地走动,用一块黑透了的抹布骗人似的抹抹桌子,抹完了往肩上一搭:

"吃什么?有包子,有面。牛肉面、炸酱面、菠菜猪肝面……"

声音空洞而冷漠。客人的食欲就教他那个神气,那个声音压低了一半。你看看那个荒凉污黑的货架,看到西红柿上的黑斑,你想到这一块是煮不烂的;看到一个大而无当的盘子里的两三个鸡蛋;这鸡蛋一定是散黄的;你还会想起扬州人向你解释过的:"鸡蛋散黄是蚊子叮的";你想起孑孓在水里翻跟斗……吃什么呢?你简直没有主意。你就随便说一个,牛肉面吧。

扬州人挦着他的袖子:

"嗷,——牛肉面一碗……"

"牛肉早就没有了！要说多少次！"

"嗷，——牛肉没有了……"

那么随便吧，猪肝面吧。

"嗷，——猪肝面一碗……"

那个女人呢？分明已经属于南京人了。不用打听，一看就看得出来。仿佛这也没有什么奇怪。连他们晚上还同时睡在那个棚子底下，也都并不奇怪。这关系是怎样转变过来的呢？这当中应当又有一段故事，但是你也顶好别去打听。

我已经知道，扬州人南京人原来是亲戚。南京人是扬州人的小舅子。这！

过了好多好多时候，"炮仗响了"。云南老百姓管抗战胜利，战争结束叫"炮仗响"。他们不说"胜利"，不说"战争结束"，而说"炮仗响"。因为胜利那天，大街小巷放了很多炮仗。炮仗响了以后，我没有见过扬州人，已经把他忘记了。

一直到我要离开昆明的前一天，出去买东西，偶然到一家铺子去吃东西，一抬头：哎，那不是扬州人吗？再往里看，果然南京人也在那儿，做包子，一身老蓝布裤褂，面粉口袋围裙，工作得非常紧张，后脑勺的皱褶直扭动，手掌拍得面团啪啪地响。摘面蒂，刮馅子，捏褶子，收嘴子，节奏感很强，仿佛想把他的热情变成包子的滋味。这个扬州人，你为什么要到昆明来呢？……

明天我要走了。车票在我的口袋里。我不知道摸了多少次。我有个很不好的习惯，喜欢把口袋里随便什么纸片捏在手里搓揉，搓搓就扔掉了。我丢过修表的单子、洗衣服的收据、照相的凭条、防疫证书、人家写给我的通讯处……我真怕我把车票也丢了。我觉得头晕，想吐。这会饿过了火，实在什么也不想吃。

可是我得说话。我这么失魂落魄地坐着，要惹人奇怪的。已经有人在注意我。他一面咀嚼着白斩鸡，一面咀嚼着我。他已经放肆地从我的身上构拟起故事来了。我振作一下，说：

"猪肝面加菠菜西红柿！"

扬州人放好筷子，坐在一张空桌边的凳子上。他牙齿掉了不少，两颊好像老是在吸气。而脸上又有点浮肿，一种暗淡的痴黄色。肩上一条抹布，湿漉漉的。一件黑滋滋的汗衫（还是麻纱的！），一条半长不短的裤子。这条裤子像一个十二三岁的孩子穿的。衣裤上到处是跳蚤血的黑点。看他那滑稽相的裤子，你想到裤子里的肚皮一定打了好多道折子！最后，我的眼睛就毫不客气地死盯住他的那双脚。一双自己削成的很大的木履，简直是长方形的。好脏的脚！仿佛污泥已经透入多裂纹的皮肤。十个趾甲都是灰趾甲。左脚的大姆趾极其不通地压在中趾底下,难看无比。对这个扬州人,我没有第二种感情:厌恶!我恨他,虽然没有理由。

一九四六年

戴 车 匠

"戴车匠"在我们不但是一个人,一间小店,还是一个地名。他住在东街与草巷相交地方。东街与草巷相交处大家称为草巷口。但对我们说起来这实在不够精确。虽然东街也还比不上别处的巷子大,但街与巷相交总就有四个"口",左边右边,这边那边。大人们凡事都含胡,因为他们生活中只须这么含胡即可对付过去。我们可不成。比如:巷口街这边有个老太婆摆摊子,卖的是桃子,杏子,香瓜,柿饼,牙枣子,风荸荠,杨花萝卜,泥娃娃,啯啯鸡;对面也有一个老太婆,卖的是啯啯鸡,泥娃娃(有好多种),杨花萝卜(我在别处虽亦见过这种水红色,粗长如指,杨花飞时挑出来

＊初刊于《文学杂志》(商务印书馆发行)一九四七年第二卷第五期,初收于《邂逅集》。

卖，生嚼凉拌都脆爽细嫩无比的萝卜，可是没有吃过；我总觉不是我们故乡的那一种，仅略具形似而已），风荸荠，牙枣子，桃子，杏子，香瓜，还有柿饼子，完全一样！你说这怎么办？有时还好，可以随便；在她们生意都还不错，在有新货下市时候，她们彼此也都和颜悦色的时候，亲热得像个老姊妹的时候，那就无所谓，我们买谁的都觉得一样。这边那边，一样。有时，可就麻烦，又要处心积虑，又要临时见机，又要为自己利害打算，又要用自己几个钱和显明的倾向态度来打抱不平。而且我们之间意见常不一样。那就得辩论，甚至出恶言恶声，吵闹起来，麻油拌芥菜，各有心中爱，各走各的路。完了，我们之间有一道鸿沟！要十分钟，或要半点钟，或半天，甚至三两天，时间才填平了它，又志同道合，莫逆无间，不恨，不轻视。这两个老太婆又有时这个显得比那个穷，有时那个显得比这个穷。有时这边得到侄儿一点支助，买了一堆骄傲的货色，盛气凌人，不可一世。有时那个的女儿给她作了件新毛蓝布褂子，她就觉得不屑与裤裆里都有补丁的人相较量。她们老是骂架，一骂一整天，老是那些话，骂骂，歇歇，又骂骂。作一笔买卖，数钱拣货；青菜汤送下一大碗干饭，这就有时间准备新的武器，聚了一堆她们自以为更泼剌淋漓的言语，投过去，抛回来，希望伤人要害。这对我们说起来，未免可厌，因为骂人都不好看。尤其她们相骂时,大都是坏天气,全世界都不舒服的时候。她们的生意都非常坏,摊子上尽是些陈旧干瘪的货品,又稀少可怜。她们的恨毒注泡在颓老之中,像下雨天城门口的泥泞。她们的肝火焚烧她们的太阳穴,她们的头发披下来,她们都无望无助,孤苦凄怆,哀哀欲绝。——为甚么没有人劝劝她们呢?你想想看,手放在口袋里,搓摩着温热的铜钱,我们何以为情?我们立着看了半天,渐渐已忘记了想买的东西;不想吃甚么,也不想玩甚么,为一种十分深沉黏著的痛楚所孕育,所教化。——有时,她们会扭住衣角和一点小小发髻打起来,一面嘶声诅咒一面打。她们都打不动了,然而她们用坚硬的瘦骨相冲撞,撕,咬,抓头发,拉破别人的衣服。一场心长力拙,松懈干枯的争斗。她们会有一天有一个打死的。不是死在人手上,自己站脚不稳,踉跄跄一交蹟在石头角上碰破脑袋死去。……阿,不说这个吧。告诉你这些只是借此而告诉你虽是那么一街之隔可是距离多远。所以不能含胡,所以不能含胡的说是"草巷口"。草巷口一边是个旱烟店,另一边是戴车匠店。你看要是有个捏小面人的来了,吹糖人的来了,耍木偶戏的来了,背负韦驮,化缘的游方僧人来了,走江湖挂水椀的来了,各种各样惊心动魄的人物事情在那里出现,我们飞奔着去看,你要是说"草巷口",那多急人。你一说"戴车匠家",就多省事明白。

大家就一直去，不需东张西望。"戴车匠"，"戴车匠"，这在我们不是三个字，是相连不可分，成为一体的符号。戴车匠是一点，集聚许多东西，是一个中心，一个底子。这是我们生活中的一格，一区，一个本土和一个异国，我们的岁月的一个见证。我们说"戴车匠家"，不说"戴车匠家门前"。一则那么说太啰嗦，再我们似把门外这一切活动，一切景物情感都收纳到他的那间小店里去，似乎是属于它，为它所有；为他，为戴车匠所有了；虽然戴车匠的铺子那么那么小，戴车匠是不沾蘸甚么的那么一个人。戴车匠是一颗珠子，从水里拿出来，不留一滴。——正因为他是那么一个人吧。

我记得戴车匠的板壁上贴的一付小红春联，每年都是那么两句，极普通常见的两句：

室雅何须大

花香不在多

虽是极普通常见，甚至教人觉得俗，俗得令人厌恶反感，可是贴在戴车匠家就有意义，合适，感人。虽然他那半间店面说不上雅不雅，而且除了过年插一枝山茶，端午菖蒲艾叶石榴花，八九月或者偶然一枝金桂，一朵白荷以外，平常也极少插花——插花的壶是总有一个的，老竹根，他自己车床上琢出来的，总供在一个极高的方几上。说是"供"，不是随便说，确是觉得那有一种恭敬，一种神圣，一种寄托和一种安慰，即使旁边没有那个小小的瓦香炉，后面不贴一小幅神像。我想我不是自以为然，确是如此。我想，你若是喜爱那个竹根壶，想花钱向他买来，戴车匠准是笑笑，"不卖的"。戴车匠一生没有遇过几个这样坚老奇怪的根节，一生也不会再为自己车旋一个竹壶。它供在那里已经多少年，拿去了你不是叫他那个家整个变了个样子？他没有想得太多，可是卖这个壶是他从来没有想到过的。他只有那么一句话，笑笑，"不卖的"。别的问答他不知道，他不考虑。你若是真的去要，他也高兴。因为有人喜爱他喜爱得成了习惯的东西，你就醋新了他的感情。他也感激你，但他只能说："我给你留意吧，要再遇到这样的竹子。"会留意的，他当真会留意的，他忘不了。有了，他就作好，放在高高的地方，等你去发现，来拿。——你自然会发现，因为你天天经过，经过了总要看一看。他那个店面是真小。小，而充实。

小，而充实。堆着，架着，钉着，挂着，各种各样的东西。留出来的每一空间都是必须的。从这些空间里比从那些物件上更看出安排的细心，温情，思想，习惯，习惯的修改与新习惯的养成，你看出一个人怎样过日子。

当门是一具横放的榉木车床，又大又重，坚硬得无从想像可以用到甚么时候。它本身即代表了永远。那是永远也不会移动的，简直好像从地里长出来的，一个稳定而不表露的生命。这个车床没有问题比戴车匠岁数还要大，必是他父亲兼业师所传留下来的。超过需要的厚实是前代人制作法式。（我们看从前的许多东西老觉得一个可以改成两个三个用。）这个车床的形貌有些地方看起来不大讲究。有的因材就用，不拘小节，歪着扭着一点就听它歪着扭着一点，不削斫太多以求其平直，然而这无妨于它大体的俨然方正。用了这许多年了，许多不光致斧凿痕迹还摸得出来，可是接榫卡缝处吻投得真紧，真确切，仿佛天生的一个架子，不是一块块拼拢来的。多少年了，不摇，不幌，不走一点样！这个车床占了几乎二分之一的店堂，显然这是最重要的东西，其馀一切全附属于它，且大半是从这个车床上作出来的。大车床里头是一个小车床。戴车匠作一点小巧东西则在小车床上。那就轻便得多，秀气得多，颜色也浅，常擦摩处呈牙黄色，光泽异常，木理依约可见，这是后来戴车匠自己手制的。再往里去，一伸手是那张供香炉竹壶高几。车床后面有仅容一人的走道。挨着靠墙而放的一条桌向里去，是内室了。想来是一床，一灯案，低梁小窗，紧凑而不过分杂乱。当有一小侧门，通出去是个狭长小天井。看见一点云，一点星光，下雨天雨水流在浅浅的阴沟里。天井中置水缸二口，一吃一用；煮饭烧茶风炉两只。墙阴凤仙花自开自落，砖缝里几丝草，在轻风中摇曳，贴地爬着几片马齿苋，有灰蓝色螟蛾飞息。

凡此虽非目睹，但你见过许多这样格局的房子，原是极契熟的。其实即从外面情形，亦不难想像得知。——他吃饭用的碗筷放在哪里呢？条桌上首墙上，他挖开了一块，四边钉板，安小门两扇，这就成了个柜子。分成几隔，不但碗筷，他自己的茶叶罐子烟荷包，重要小工具，祖传手绘的图样，订货的底子，跟他儿子的纸笔，女人的梳头傢俬，全都有了妥停放处。屈半膝在骨牌凳上，可以方便取得。我小时颇希望能有个房间有那样一个柜子，觉得非常有趣。他的白蜡杆子，黄杨段子，桑木枣木梨木材料则搁在高几上一个特制架上，堆得不十分整齐，然而有一种秩序，超乎整齐以上的秩序。(车匠所需木料不多，)架子的支脚翘出如壶嘴，就正好挂一个蝈蝈笼子！

戴车匠年纪还不顶大，如果他有时也想想老，想得还很昧暧，不管惨切安和，总离着他还远，不迫切。他不是那种一步即跌入老境的人，他只是缓缓的，从容的与他的时光厮守。是的，他已经过了人生的峰顶。有那么一点的，颤栗着，心沉着，急促的呼吸着，张张望望，彷徨不安，不知觉中就越过了那一点。这一点并不突出，闪耀，戴车匠也许纪念着，也许忽略了。这就是所谓中年。

吃过了早饭，看儿子夹了青布书包，(知道他的生书已经在油灯下读熟，为他欢喜，)拿了零用钱，跳下台阶，转身走了,戴车匠还在条桌边坐了一会。天气很好。街上扫过不久,还极干净。店铺开了门的不少,也还有没有开的。这就都要一家一家的全打开的。也许有一家从此就开不了那几块排门了,不过这样的事究竟不多。巷口卖烧饼油条的摊子热闹过一阵,又开始第二阵热闹了。烧饼槌子敲得极有精神,(槌子是从戴车匠家买去的,)油条锅里涌着金色泡沫。风吹着丁家绵线店的大布招卷来卷去。在公安局当书办的徐先生埋着头走来,匆忙的向准备好点头的戴车匠点一个头,过去了。一个党部工友提一桶浆子在对面墙上贴标语。戴车匠笑,因为有一张贴倒了。正看到知道一定有的那一张,"中华民国万岁",他那把短嘴南瓜形老紫沙壶已经送了出来,茶泡好了,这他就要开始工作了。把茶壶带过去,放在大小车床之间的一个小几上,小几连在车床上。坐到与车床连在一起的高凳上,戴车匠也就与车床连在一起,是一体了。人走到他的工作之中去,是可感动的。先试试,踹两下踏板,看牛皮带活不活;迎亮看一看旋刀,装上去,敲两下;拿起一块材料,估量一下,眼睛细一细,这就起手。旋刀割削着木料,发出轻快柔驯的细细声音,狭狭长长,轻轻薄薄的木花吐出来。……

木花吐出来,车床的铁轴无声而精亮,滑滑润润转动,牛皮带往来牵动,戴车匠的两脚一上一下。木花吐出来,旋刀服从他的意志，受他多年经验的指导，旋成圆球，旋成瓶颈状，旋苗条的腰身，旋出一笔难以描画的弧线，一个悬胆，一个羊角弯，一个螺纹，一个杵脚，一个瓢状的，铲状的空槽，一个银锭元宝形，一个云头如意形……狭狭长长轻轻薄薄木花吐出来，如兰叶，如书带草，如新韭，如番瓜瓤，戴车匠的背勾偻着，左眉低一点，右眉挑一点，嘴唇微微翕合，好像总在轻声吹着口哨。木花吐出来，挂一点在车床架子上，大部份从那个方洞里落下去，落在地板上，落在戴车匠的脚上。木花吐出来，宛转的，绵缠的，谐协的，安定的，不慌不忙的吐出来，随着旋刀悦耳的吟唱。……

戴车匠上下午各连续工作两个时辰。其中稍稍中断几次，走下来拿点材料，翻翻图样，比较比较两批所作货色是否划一，给车轴加点油。作为[1]了一个货色，握在手里，四方八面端详端详，再修一两刀，看看已经合乎理想，中规应矩了，就放在车床前一块狭狭板上，一个一个排起来。虽然他不赶急，但也十分盼待着把这块板上排得满满的吧。他笑他儿子写字总望一口气写满一张纸，他自己也未始不愿人知道他是个快手。这样的年纪也还有好胜心的。似乎他每天派给自己多少工作，把那点工作作好，即为满意。能分外多作

---

[1] "作为"，北师大版《汪曾祺全集》改为"作成"，人民文学版《汪曾祺全集》改为"作好"。从初版本。——编者注

几件就很按捺不住得意了。这点得意只有告诉他女人听,甚至想得到两句夸奖,一点慰劳,哈!他自然可以有时间抽一袋烟,喝两口茶,伸个懒腰;高兴,不怕难为情,也尽管哼两句朱买臣桃花宫老戏,他允许自己看半天洋老鼠踩车推磨,——他的洋老鼠越来越多,它们的住家也特别干净,曲折;逗弄檐前黄雀,用各种亲密陶侃言语。黄雀就竭其所能的唱起来,蓬松了脖子上的毛,耸耸肩,剔剔足,恣酣而矜庄的啭弄了半天,然后用珊瑚小嘴去啄一口食,饮一点水。戴车匠,可又认为它跟叫天子学了坏样,唱不成腔,——初学养鸟人注意:凡百鸟雀不可与叫天子结邻并挂,叫天子是个嗓子冲而无修养训练的野狐禅唱歌家,油腔滑调,乱用表情!在合唱时尤其只听到它的荒怪的逞喉极叫。——一面戴车匠又俯到他的工作上去,有的时候,忽然,他停下来,那就是想到了一点甚么事。或是记一记王老五请的一会甚么时候该他自己首会了;或是儿子塾师过生,该备一点礼物送去,今年是整五十;或是刘长福托他斡旋一件甚么事,那一头今天该给回话;或是澡堂里听来一个治疯湿痛秘方,他麻二叔正用得着,可是六味药中有一味比较生疏,得去问问;或是,哦,老张呀,死了半年多,昨天夜里怎么梦见他了,还好好的,还是那样子,还说了几句话,话可一句也记不得了;老张儿子在湖西屠宰税上跑差,该没有甚么吧?这就教他大概筹计筹计下午该往哪里走走，碰些甚么人，作点甚么事，怎么说那些话。他的手就扶上了左额，眼睛瞇瞇，不时眨一眨。甚至有时等不及吃饭时再说，就大声唤女人出来商量。有时，甚至立刻进去换了件衣服，拿了扇子就出去了，临走时关照下来，等不等他吃饭；有谁来让候一候还是明天再来；船上人来把挂在门柱上那一串东西交给他拿去，钱或现交或下次转来再带来都可以。……他走了，与他的店，他的车床小别。

平常日子，下午，戴车匠常常要出去跑跑，车匠店就空在那儿。但是看上去一点都不虚乏，不散漫，不寂寞，不无主。仍旧是小，而充实，若是时间稍久，一切，店堂，车床，黄雀，洋老鼠，蝈蝈，伸进来的一片阳光，阳光中浮尘飞舞，物件，空间；隔壁侯银匠的槌子声音与戴车匠车床声音是不解因缘，现在银匠槌子敲在砧子上像绳索少了一股；门外的行人，和屋后补着一件衣服的他的女人，都在等待，等待他回来，等待把缺了一点甚么似的变为完满。——戴车匠店的店身特别高，为了他的工作，（第一木料就怕潮）又垫了极厚的地板，微仰着头看上去有一种特别感觉。也许因为高，有点像个小戏台，所以有那种感觉吧。——自然不完全是。

戴车匠所作东西我们好多叫不出名字，不知道干甚么用的。比如二尺长的大滑车，戴车匠告诉我是湖里粮船上用的，因为没有亲身验证，所以都无真切印象。——也许后来，我稍长大，有机会在江湖漂泛，看见过的，但因为悬结得那么高，又在那么大的帆前面，那么大的船，那么大的水，汪洋浩瀚之中，这么一个滑车看上去也算不得甚么了吧。人也大了，不复充满好奇，甚么事多失去惊愕兴趣了。——不过在大帆船上看那些复杂绳索在许多滑车之中溜动牵引，上上下下，想到它们在航行时可起作用，仍是极迷人的。我真希望向戴车匠询问各种滑车号数，好到船上混充内行！滑车真多，一串一串挂在梁上。也许戴车匠自己也没有看人怎样用它吧？不过不要紧，有烧饼槌子，搓烧麦皮子小棒，赶面[1]杖，之字形活动衣架，蝇拂上甘露子形状柄子，……他随处可以看见自己手里作出来的东西在人手里用。老太太们都有个捻线棰，早晚不离手的在巷口廊前搓，一面与人谈桑麻油米，儿女婚嫁。木椀木勺是小儿恩物，轻便，发脾气摔在地下不致挨打挨骂，敲着橐橐的响又可以想它是个甚么它就是个甚么，木鱼，更柝，取鱼梆子，还有你想也想不出的甚么声音的代表。——不过自从我有一次听说从前大牢里的囚犯是以木椀吃饭的，（瓷碗怕他们敲破了用来挖空逃跑或以破片割断喉管自杀，）则不免对这个东西有

---

[1] "赶面"同"擀面"。——编者注

了一种悲惨印象。自然这与戴车匠没有甚么关系,不该由他负责。看见有人卖放风筝绕线用的小车子,我们眼中盈盈的是羡慕的光。我们放的是酒坛,三尾,瓦片,不知甚么时候才能使用这么豪侈的器械。阿,我们是忘不了戴车匠的。秋天,他给我们作陀螺,作空钟。夏天,作水枪。春天,竹蜻蜓。过年糊兔儿灯,我们去买轱轳。戴车匠看着一个一个兔儿灯从街上牵过去,在结了一点冰的街上,在此起彼歇锣鼓声中,爆竹硝黄气味,影影沉沉纸灯柔光中。但我最喜欢的还是爬上高台阶向他买"螺蛳弓"。别处不知有无这样的风俗,清明,抹柳球,种荷秧,还吃螺蛳。家家悉煮五香螺蛳一锅,街上也有卖的。一人一碗,坐在门槛上一个一个掏出来吃。吃倒没有甚么,(自然也极鲜美)主要还是把螺蛳壳用螺蛳弓一个一个打出去。——这说起不易清楚,明年春天我给你作一个吧。戴车匠作螺蛳弓卖。我们看着他作,自己挑竹子,选麻线,交他一步一步作好,戴车匠自己在小几上蓝花大碗中拈一个螺蛳吃了,螺壳套在"箭"上,很用力的样子(其实毫不用力)拉开,射出去,半天,听得得的落在瓦沟里,(瓦匠扫屋每年都要扫下好些螺壳来)然后交给我们。——他自己儿子那一把弓特别大,有劲,射得远。戴车匠看着他儿子跟别人比射,细了眼睛,半晌,又没有甚么意义的摇摇头。

为甚么要摇摇头呢？也许他想到儿子一天天大起来了么？也许。我离开故乡日久，戴车匠如果还在，也颇老了。我不知因何而觉得他儿子不会再继续父亲这一行业。车匠的手艺从此也许竟成了绝学，因为世界上好像已经无须那许多东西，有别种东西替代了。我相信你们之中有很多人根本就无从知道车匠店到底是怎么回事，你们没有见过。或者戴车匠是最后的车匠了。那么他的儿子干甚么呢？也许可以到铁工厂当一名练习生吧。他是不是像他父亲呢，就不知道了。——很抱歉，我跟你说了这么些平淡而不免沉闷的琐屑事情，又无起伏波澜，又无镕裁结构，迤迤逦逦，没一个完。真是对不起得很。真没有法子，我们那里就是这样的，一个平淡沉闷，无结构起伏的城，沉默的城；城里充满像戴车匠这样的人；如果那也算是活动，也不过就是这样的活动。——唔，不尽然，当然，下回我们可以说一点别的。我想想看。

囚　犯

我们在河堤上站了一下,让跟我们一齐出城的犯人先过浮桥。是因为某种忌讳,不愿跟他们一伙走,还是对他们有一种尊重,(对于不幸的人,受苦难的人,或比较接近死亡的人的尊重?)觉得该让他们走在前头呢?两者都有一点吧。这说不清,并无明白的意识,只是父亲跟我都自然而然的停下来了。没有说一句话,觉得要停一停。既停之后,我们才相互看了一眼。父亲和我离隔近十年,重相接处,几乎随时要忖度对方举止的意义。但是含浑而不刻露,因为契切,不求甚解。体贴之中有时不免杂一丝轻微嘲讽的,——一点生涩,一点轻微的窘困,这个离别的十年,这个战争加在我们身上的影响还是不小啊!家庭制度有一天终会崩坏的。但像

＊初刊于《人世间》一九四七年第二卷第一期,初收于《邂逅集》。

刚才那么偶然一相视却是骨肉之情的微波，风中之风，水中之水。这瞬间一小过程使我们彼此有不孤零之感，仿佛我们全可从一个距离外看到这里，父亲和儿子，差肩而立，情景如画。我的一时都为这幅画所感动，得到生活的信心和勇气。——看来自自然然，好像甚么都不为的站一站，好像要看一看对河长途汽车开来了没有，好像我要把提着的箱子放下来息一息力，我于此发现自己性格与父亲相似之处，纤细而含蓄。我更敏感，他更稳重。

我们差肩而立，看犯人过浮桥。

犯人三个，由两个兵押着。他们本来都是兵，现在一是兵，一是犯人了。一个兵荷老七九步枪，一个则腰里一根三号左轮，模样是个副班长。——凡曾度营伍生活者皆一眼可以看出副班长与班长举动精神之间有多大差异。班长是官，副班长则常顾此失彼的要维持他的官与兵之间的两难地位，有治人的责任感，有治于人的委曲，欲仰承，欲俯就，在矛盾挣扎之中他总站不稳，每个动作底下都带着一大堆苦衷，而显得窝囊可笑。犯人皆交叉着绑着肩胛，背后各有长绳一根牵出，捏在后面荷枪的兵的手里。犯人也都穿着灰布军服，不过破旧污脏得多。但兵与犯人的分别还在于一个有小皮带，一个没有皮带约束而更无可假借的显出衣服的不合身。——不合身的衣服比破烂衣服更可悲悯。我忽然想起一个朋友怎么样也不肯换医院的"制服"。人格一半是衣服造成的,随便给你一件衣服就忽视了你是怎么一个人了。人要人尊重。两个犯人有帽子,但全戴得不是地方。一个还好。帽舌子歪在一边。虽然这个滑稽样子与他全身大不相称,但总算包住了他的头。另一个则没有戴实在,风一吹,或一根树枝挂一下即会落去的,看着很不舒服,令人有焦躁着急感,极想给他往下拉一拉。还有一个,则是科头,头发长得极蓊郁,(小时懒于理发,常被骂为"像个囚犯",)很黑很黑,跟他的络腮胡子连为一片,倒是他还有点生气。他比较矮,但看起来还壮,虽经过折磨,还不是一下子即打得倒的人。(他们看样子不是新犯,已在大牢里关了不少日子,移案到甚么地方,提出来的。)他脚步较重,一步一步还照着自己意志走,似乎浮桥因为他的脚步而有看得出的起伏。他眼睛张得大大的,坦率而稚气的,农民的眼睛,不很瞀乱惊惶,健康正常的眼睛,从粗粗的眉毛下看出去。他似乎不大忧伤,不大想他作过的事和明天的运命。他简直不大想着他是个犯人。他甚么都不大想。一个简单淳朴的人。他现在若是想,想的是:我过浮桥。也许他还晓得到了对岸,坐一段汽车,过江,解到一个甚么地方去,其馀他就不知道了,也不大想知道。这段路好像他曾经走过几次,很熟,也许就是生长于这一带的,所以他很有自信的走着。要是除去绳索和罪名，他像个带路人，很好的带路人。他平日一定有走在第一个的习惯。现在他们让他走在第一个也非偶然。但形式上他得服从身边那个副班长的指挥，正如平日在部队受指挥一样。副班长与他之间并无敌意，好像都是按照规矩来，你押人，我被押，大家作着一件人家派下来的事情，无从拒绝，全非得已。他们要共走一段路，共同忍受颠波，耽误，种种不快，(到任何地方去总望能早点到达，)也许还有点同伴之谊。——他们常默默，话沉得很深，但一路上来，总有时候要谈两句甚么的吧。副班长没有一般下级军官的金牙，也没有那种可笑的狂傲。看样子他是个厚道人，他不时回头看看后面的犯人和那个荷枪的兵的眼色是可感的，好像问：走得动吗？哦，这两个犯人可不成了！他们面色灰败，一个惨白，一个蜡渣黄，折倒他们的细脖子，(领圈显得特别宽大，)已经撑不起他们的头。衰弱，虚乏，半透明，像是已经死过一次。他们机械的迁动脚步，踹不稳，不能调节快慢，每一脚都不知踏在甚么地方。恐怕用怎么节奏明显的音乐也无法让他们走得合拍，他们已经不能受感染。他们已经忘了走路的方法。他们脑子里布满破碎的，阴暗的意象，这些意象永不会结构成一串完整思想，就一直搅动，摧残，腐蚀他们淡薄的生命。他们现在并不在恐怖中，但恐怖已经把他们腌透，而留下杂乱的痕迹。脸上永远是那个样子，嘴角挂下来，像总要呕吐，眼睛茫茫瞆瞆，缩缩怯怯。一切全惨淡，没有一个形体能在他们眼睛里留一鲜明印象。除了皮肉上的痛痒之外，似乎他们已经没有感觉；而且即是痛痒也模糊昏暗了。帽子歪戴的那一个，衣服上有一大片血渍，暗赤，如铁锈，已经不少日子。荷枪的兵也瘦蒿蒿的。虽然他打着绑腿，但凄哀的神情使他跟那两个戴帽子犯人成了一组。他不时把枪往上提一提，显然不大背得动，枪托子常常要敲着他的腿。他甚至要羡慕那三个犯人了，因为他们没有这杆衰老的枪，没有责任，不需要警觉。他生来不惯怎么样押解犯人，他倒比较习惯怎么样被人押解，被人牵着走。因为那个络腮胡子犯人比较吸引我，所以对后面三个人没有能细看。

岸上人多注目于这个悲惨的队列。

他们已经过了河。

我忽然记了记今天是甚么日子。

初春，但到处仍极荒凉，泥土暗。河水为天空染得如同铅汁，泛着冷冷的光。东北风一起，也许就要飘雪。汽车路在黑色的平野上。悲哀的，苦难的平野。有两三只乌鸦飞。

城在我们后面，细碎的市声起落绸缪。好几批人从我们身边走下河堤。

父亲跟我看了一眼，不说话，我们过浮桥。

大家抢着上汽车。车站码头上顶容易教人悲观,大家尽量争夺一点方便舒服。但这样的场面见得也多了,已经不大有感触。等都上去了,父亲上去,然后是我。看父亲得到一个比较安稳站处,我看看有甚么地方可以拉一拉我的手。而在我后面上来了那几个犯人。他们简直弄不清楚人家怎么把他们弄上来的。车门关上,车上人窜窜动动,我被挤到一个人缝里,勉强把一只脚放平,那一只则怎么摆都不是地方,我只有伸手捞着上面的杠子,把全身重量用一只胳膊吊起来。我想把腰伸伸直,可是实在不可能。好吧,无所谓,半个多钟头就到江边。我试一回头,勉强可以看到父亲半面,他的颧骨跟一只肩膀。父亲点点头:我很好,管你自己吧。我想,在人群中你无法跟要在一起的人在一起,一冲一撞,拉得多牢的手也只有撒开。我就我的头可以转动的方向一巡视,那个矮壮犯人不知在甚么地方。副班长好像没有上来,大概跟司机坐在一处去了,这点门槛他懂。那个荷枪的兵笔直的贴在车门犄角,一个乡下人的笠子刚刚顶在他的脸前面,不时要擦着他的鼻子,而逼得他一脸尴尬相。两个有帽子犯人,我知道都在我身边。他们哪里也不要在,既然已经关上了车,总就得有块地方,毫无主意的他们就被挤到这儿来了。甚么地方对他们全一样,他们没有求舒服的心,他们现在根本不知道在甚么地方。我面前是两个女客,她们是甚么模样我才不在乎,有一个好像是个老太太,我尝试怎么样可以把肋骨放平正一点,而车子剧烈的摇幌了一下,一个身体往我背上一靠,他的手拉了一下我的衣服。是我身后那个犯人。甚么样的一只手!一只罪恶的手,死的手,生满了疥疮的手,我皮肤一紧,这感觉是不快的。我本能的有一点避让之意。似乎我的不快,我的厌恶,我的拒绝,立刻传过给他,拉了一下,他就放开了。他站不稳,我知道。他的胳臂无法伸直,伸直了也够不到杠子,而且这样英勇的生的争取的姿势根本就是他不会有的。他攀扶不到甚么东西,习于被播弄了。我正想我是不是不该避让,一面又向右顾那另一个犯人的手无意识的画动了两下,第二下更大的幌动又来了,我蓦然有了个决定,像赌徒下出一注,把我的身体迎给他!他懂得,接受了我的意思,一把抓住了。这不难,在生活的不断的抉择之中,这样的事情是比较易于成就的,因为没有时间让你惦[1]斤播两的思索。我并没有太用力激励自己。请恕我,当时我对自己是有一点满意的。我如此作并非因为全车人都嫌弃他们,在这么紧密的地方还远之唯恐不及,而我愤怒,我要反抗。我是个不大会愤怒的人,我也能知道人没有理由把不愉快事情往身上拉,现在是甚么时代!我知道他身后必尚有一点空隙,我跟他说:"你蹲下来。"蹲下来他

---

1 "惦"疑为"掂"。——编者注

可以舒服些。我叫右边那一个也蹲下来。这只是半点钟的事,但如果可能,我想不太伤劳我的那一只胳臂,他们一蹲下来,好像松动了一点,我可以挪一挪脚步了。可是当我偏了偏腰时,一只手上来拉住了我的袖子。我这才看了看我面前那个女客,二十大几,也许三十出头,一个粉白大团脸。她皱着眉头用两个指头拉我,我看了看那两个指头,不大方的指头,肉很多,秃秃的,一个鸡心形赤金戒指。好像这两个指头要我生了一点气,我想不理她,我凭甚么要给你遮隔住这两个囚犯,一下了车你把早上吃的稀饭吐出来也不干我的事。然而我略扁了扁嘴,不大甘愿的决定了,就这么斜吊着身子吧,好在就是半个钟头的事。这才真是牺牲!我看了看那个老太太,真可怜,她偎在座位里,耗子似的眼睛看我的脸。那个梳着在她以为很时式的头发的女人(她一定用双妹老牌生发油!)这才算放了心,努力看着窗外。

  这个倒楣女人叫我嘲笑自己起来。这半点钟你好伟大,又帮助犯人,又保护妇女,你成了英雄!你不怕虱子,不怕疥疮,而且不怕那张俗气的粉脸,小市民的,涂了廉价雪花膏的胖脸!(老实说对着这样的脸比两个犯人靠在身上更不好受,更不幸。)——惜[1]了这半点钟你成了托尔斯泰之徒,觉得自己有资格活下去,但你这不是偷巧么?要是半点钟延

---

[1] "惜"疑为"借"。——编者注

长为一辈子，且瞧你怎么样吧。而且这很重要的，这两个犯人在你后面；面对面还能是一样么？好小子，你能够脱得光光的在他们之间睡下来么？……

我相信这个车里有一个魔鬼。不过幸好我得用力挂住自己，我的胳臂的酸麻给解了一点围，我不陷在这些挑拨性的思索之中。我希望时间快点过去。

好了，果然快，车停了。我一心下去取那只箱子，我们得赶上这一班过江轮渡。

一切都已过去，女人，犯人，我的胳臂的酸麻，那些无用的嘲讽，全过去了！外面的空气多新鲜！我跟父亲又在一起了。

在船上，父亲要了个小房舱。是的，我们要舒舒服服坐一坐，还可以在铺上歪一歪。父亲递给我烟，划了火，那一壶茶已经泡开了，他洗了洗杯子，给我倒了一杯。我看着他用他的从容雍与[1]的风度作这一切，但不想起来叫他让我来。我的背上不快之感又爬上来，虽不厚重，可有粘性，有似涂了一层油。喝了一口茶，忽然我心里涌起了一股真情。我想刚才在车上，父亲一定不时看一看我。我非常喜慰于我有一个父亲，一个这样的父亲。我觉得有了攀泊，有了依靠。我在冥冥蠢蠢之中所作事情似乎全可向一个人交一笔账，他则

---

[1] "雍与"疑为"雍雅"。——编者注

看也不看,即收下搁起了。他不迫胁我,不挑剔我,不讥刺我,不用锋利的或钝缺的是非锯解我。他不希望,指导我作甚么,但在他饱阅世故的眼睛,温和得几乎是淡淡的眼睛(我得坦白说,有时我为这种类似的淡漠所激恼,)远远的关注下,我成了一个人。我不过分胡涂,尤其重要的是也不太清楚,而且只能虽然有点伤心的捐弃了我的夸张,使我的行为不是文字,使我平凡。——虽然,我还不知道到底该怎么活下去。今天晚上,我就要离开我的父亲,到一个大城市中去。

那几个犯人现在不知在哪里了,也许也在这只船上吧。我管不着了。那个科头犯人的样子我记在心里。大概因为他有一种美,一种吸力。我想他会在一个甚么地方忽然逃跑了。他跑不了,那个副班长会拔出左轮枪不加思索的向他放射。犯人会死于枪下。我仿佛已经看到那幅图相。这是注定的,没有办法的悲剧。我心里乱起来。想起一个举世都说他对于人,对于人生没有兴趣,到末了躲到禅悟中去的诗人的话:

"世间还有笔啊,我把你藏起来吧。"

异　秉

一天已经过去了。不管用甚么语气把这句话说出来，反正这一天从此不会再有。然而新的一页尚未盖上来，就像火车到了站，在那儿喷气呢，现在是晚上。晚上，那架老挂钟敲过了八下，到它敲十下则一定还有老大半天。对于许多人，至少这在地的几个人说起来，这是好的时候。可以说是最好的时候，如果把这也算在一天里头。更合适的是让这一段时候独立自足，离第二天还远，也不挂在第一天后头。

晚饭已经开过了。

---

*初刊于《文学杂志》一九四八年第二卷第十期，初收于北师大版《汪曾祺全集》第一卷。汪曾祺一九四七年七月十六日致沈从文信中提及，"很久以前与《最响的炮仗》同时寄来尚有一篇《异秉》是否尚在手边？收集时想放进去"。此集当指《邂逅集》。《最响的炮仗》完成于一九四六年十一月，本文当完成于一九四六年十二月三日。

"用过了?"

"偏过偏过,你老?"

"吃了,吃了。"

照例的,须跟某几个人交换这么两句问询。说是毫无意思自然也可以,然而这也与吃饭不可分,是一件事,非如此不能算是吃过似的。

这是一个结束,也是一个开始。

帐簿都已一本一本挂在帐桌旁边"钜万"斗子后头一溜钉子上,按照多少年来的老次序。算盘收在柜台抽屉里,手那么抓起来一振,梁上的珠子,梁下的珠子,都归到两边去,算盘珠上没有一个数字,每一个珠子只是一个珠子。该盖上的盖了,该关好的关好。(鸟都栖定了,雁落在沙洲上。)只有一个学徒的在"真不二价"底下拣一堆货,算是做着事情。但那也是晚上才做的事情。而且他的鼻涕分明已经吸得大有一种自得其乐的意趣,与白天挨骂时吸得全然两样。其余的人或捧了个茶杯,茶色的茶带烟火气;或托了个水烟袋,钱板子反过来才搓了的两根新媒子;坐着靠着,踱那么两步,搓一搓手,都透着一种安徐自在。一句话,把自己还给自己了。白天他们属于这个店,现在这个店里有这么几个人。

每天必到的两个客人早已来了,他们把他们的一切都带了来,他们的声音笑貌,委屈嘲讪,他们的胃气疼和老刀牌香烟都带来了。像小孩子玩"做人家",各携瓜皮菜叶来入了股。一来,马上就合为一体,一齐度过这个"晚上",像上了一条船。他们已经撩了半天,换了几次题目。他们唏嘘感叹,啧啧慕响,讥刺的鼻音里有酸味,鄙夷时披披嘴,混和一种猥亵的刺激,舒放的快感,他们哗然大笑。这个小店堂里洋溢感情,如风如水,如店中货物气味。

而大家心里空了一块。真是虚应以待,等着,等王二来,这才齐全。王二一来,这个晚上,这个八点到十点就甚么都不缺了。

今天的等待更是清楚,热切。

王二呢,王二这就来了。

王二在这个店前廊下摆一个摊子,一个甚么摊子,这就难一句话说了。实在,那已经不能叫摊子,应当算得一个小店。摊子是习惯说法。王二他有那么一套架子,板子;每天支上架子,搁上板子:板上上一排平放着的七八个玻璃盒子,一排直立着的玻璃盒子,也七八个;再有许多大大小小搪瓷盆子,钵子。玻璃盒子里是瓜子,花生米,葵花仔儿,盐豌豆,……洋烛,火柴,茶叶,八卦丹,万金油,各牌香烟,……盆子钵子里是卤肚,薰鱼,香肠,炸虾,牛犍[1],猪

---

[1] "犍"应为"腱"。——编者注

异　秉

头肉，口条，咸鸭蛋，酱豆瓣儿，盐水百叶结，回肠豆腐干。……一交冬，一个朱红蜡笺底下洒金字小长方镜框子挂出来了，"正月初一日起新增美味羊羔五香兔腿"。先生，你说这该叫个甚么名堂？这一带人呢，就省事了，只一句"王二的摊子"，谁都明白。话是一句，十数年如一日，意义可逐渐不同起来。

晚饭前后是王二生意最盛时候。冬天，喝酒的人多，王二就更忙了。王二忙得喜欢。随便抄一抄，一张纸包了；（试数一数看，两包相差不作兴在五粒以上，）抓起刀来（新刀，才用趁手），刷刷刷切了一堆；（薄可透亮，）铛的一声拍碎了两根骨头：花椒盐，辣椒酱，来点儿葱花。好，葱花！王二的两只手简直像做着一种熟练的游戏，流转轻利，可又笔笔送到，不苟且，不油滑，像一个名角儿。五寸盘子七寸盘子，寿字碗，青花碗，没带东西的用荷叶一包，路远的扎一根麻线。王二的钱龙里一阵阵响，像下雹子。钱龙满了时，王二面前的东西也稀疏了，搪磁盆子这才现出它的白，王二这才看见那两盏高罩子美孚灯，灯上加了一截纸套子。于是王二才想起刚才原就一阵一阵的西北风，到他脖子里是一个冷。一说冷，王二可就觉得他的脚有点麻木了，他掇过一张凳子坐下来，膝碰膝摇他的两条腿。手一不用，就想往袖子里笼，可是不行，一手油！倒也是油才不皴。王二回头,看见儿子扣子。扣子伏在板上记帐,弯腰曲背,窝成一团。这孩子!一定又是姜陈韩杨的韩字弄不对了,多一划少一划在那里一个人商量呢。

里边谈笑声音他听得见,他入神,皱眉,张目结舌,笑。他们说雷打泰山庙旗杆,这事他清楚,他很想插一句,脚下有欲动之势。还是留在凳子上吧!他不愿留下扣子一个人,零碎生意却还有几个的。

到承天寺幽冥钟声音越来越清楚,拉洋车的徐大虎子,一路在人家墙上印过走马灯似的影子,王二把他老婆送来的晚饭打开,父子两个吃起来。照例他们吃晚饭时抽大烟的烤鸭架子挟了个酒瓶来切搁风。放下碗,打更的李三买去羊尿泡。再,大概就不会有人来了。王二又坐了一会,今天早一点吧,趁三碗饭的暖气未消,把摊子收拾了,一件一件放到店堂后头过道里来。

王二东西多,他跟他扣子两个人还得搬三四趟。店堂里这几位是每天看熟了,然而他们还是看,看他过来,过去,像姑娘看人家发嫁妆。用手用脚的是这两个人,然而好像大家全来合作似的。自然这其间淡漠热烈程度不同。最后至那块镜框子摘下来,王二从过道里带出一捆白天买好的葱。王二把他的葱放在两脚之间而坐下了。坐在那张空着的椅子上。

"二老板！生意好？"

"托福托福，甚么话，'二老板！'不要开玩笑好不好！"

王二这一坐下，大家重新换了一遍烟茶：王二一坐下，表示全城再没有甚么活动了。灯火照在人家槅子纸上，河边园上乌青菜叶子已抹了薄霜。阻风的船到了港，旅馆子茶房送完了洗脚汤。知道所有人都已得到舒休，这教自己的轻松就更完全。

谈话承前启后的接下来。

这里并未"多"这么一个王二。无庸为王二而把一套话收起来，或特为搬出一套。而且王二来，说话的人高兴，高兴多了一个人听。不止多了一个人听，是来了个听话的人。王二从不打断别人的话，跟人抬杠，抢别人的话说。他简直没有甚么话，听别人的。王二总像知道得那么少，虚怀若谷的听，听得津津有味，"唉"，"噢"，诚诚恳恳的惊奇动色，像个小孩子。最多，比方说像雷打泰山庙旗杆，他知道，他也让你说，末了他补充发挥几句，而已。王二他大概不知道谦虚这两个字到底该怎么讲，于是他就谦虚得到了家了。

这里的人，自然不会有甚么优越感。王二呢，他自己要自己懂得分寸。这里几位，都是店里的"先生"，两个客人，一个在外地做过师爷，看过琼花观的琼花；一个教蒙馆，他儿子扣子都曾经是他学生。王二知道自己决写不出一封"某某仁翁台电"的信,用他自己的话说,"不敢乱来"。

叫一声"二老板"的,当然有一种调侃的意思在。不过这实在全非恶意,叫这么一声真是欢欢喜喜的。为王二欢喜,简直连嫉妒的意思都没有。那个学徒的这时把货拣完了,一齐掇到一张大匾子里。他看看老《申报》,晓得一个新名词,他心里念"王二是个'幸运儿'"。他笑,笑王二是个幸运儿,笑他自己知道这三个字。

王二真的是不敢当。他红了若干次脸才能不红。(他是为"二老板"而红脸。)

王二随时像做官的见上司一样,不落落实实的坐,虽然还不至于"斜签着"。即是跟他儿子,他老婆在一处,甚至一个人,他也从不往椅子背上一靠,两条腿伸得挺挺的。他的胳臂总是贴着他的肋骨。他说话时也兴奋,激动,鼓舞,但动跳的是他的肌肉,他的心,他不指手画脚,有为加重语气而来一个响榧子。他吃饭,尽量[1]甚么事都没有,也是赶活儿一样急急吃了。喝茶,到后头大锡壶里倒得一杯,咕噜噜灌下去,不会一口一口的呷,更不会一边呷,一边把茶杯口在牙齿上轻轻的叩。就说那捆葱,他不会到临走时再去拿吗,可他不,随手就带了来。王二从不缺薄,谢三秀才就是谢三秀才,不是甚么"黑漆皮灯笼谢三秀才"。他也叫烤鸭

---

[1] "尽量"疑为"尽管"。——编者注

架子为烤鸭架子,那是因为烤鸭架子姓名久经湮没,王二无法觅访也。

"王二的摊子"虽然已经像一个小店了,还是"王二的摊子"。

今天实在是王二的摊子最后一天了。明天起世界上就没有王二的摊子。

王二赁定了隔壁旱烟店半间门面。旱烟店虽还开着门,这两年来实在生意清淡,本钱又少,只能养两个刨烟师傅,一个站柜的伙食,王二来了,自然欢迎。老板且想到不出一年,自己要收生意,一齐顶给王二。王二的哥哥王大是个挑箩的,也对付着能做一点木匠活,(王大王二原不住在一起,这以后,王二叫他搬到他家里来住。)已经丁丁东东的弄了两天,一个小柜台即将完成。王二又买了十几个带盖子的洋油铁箱,一口玻璃橱子,一张小桌子,扣子可以记记帐。准备准备,三天之后即可搬了过去。

能不搬,王二决不搬。王二在这个檐下吹过十几个冬天的西北风,他没有想到要舒服舒服。这么一丈来长,四尺宽的地方他爱得很。十几年来他在一定时候,依一定步骤在这里支开架子,搁上板子,那里地上一个坑,该垫一个砖片,那里一根椽子特别粗,他熟得很。春天燕子在对面电话线上唧唧呱呱,夏天瓦沟里长瓦松,蜘蛛结网,壁虎吃苍蝇,他记得清清楚楚。晚上听里边说话已成了个习惯。要他离开这里简直是从画儿上剪下一朵花来。而且就这个十几年里头,他娶了老婆生了扣子,扣子还有个妹妹。他这些盒子盆子一年一年多起来,满起来。可是就因为多起来满起来,他要搬家了。这么点地方实在挤得很。这些东西每天搬进搬出,在人家那儿堆了一大堆也过意不去。风沙大,雨大,下雪的时候,化雪的时候,就别提多不方便了。还有,他不愿意他的扣子像他一样在这个檐下坐一辈子。扣子也不小了。

你不难明白王二听到"二老板"时心里一些综错感情。

于是王二搬家了。王二这就不再在店前摆摊子了。

虽然只隔一层墙,究竟是个分别。王二没事时当然会来坐坐,晚上尤其情不自禁的要溜过来的,但彼此将终不免有一分冷清。王二现在来,是来辞行了。他们没有想到这四个字:依依不舍,但说出来就无法否认,虽然只一点点,一点点,埋在他们心里。人情,是不可免的。只缺少一个倾吐罢了。然而一定要倾吐么?

王二呢,他是说来谈谈的。"谈谈"的意思是商量一点事情,甚么事情王二肯听听别人意见。今天更有须要向人请教的。他过三天。大小开了一爿店。是店得有个字号。这事前些日子大家早就提到过。

"二老板!黑漆招牌金漆字,如意头子上扎红彩。写魏碑的有崔老夫子,王二太爷石门颂。四个吹鼓手,两根杠子,嗨唷嗨唷,南门抬到北门!从此青云直上,恭喜恭喜!"

王二又是"托福托福,莫开玩笑"。自然心里也有些东西闪闪烁烁翻动。招牌他不想做,但他少不了有些往来帐务,收条发单,上头得有个图书[1]。他已经到市场逛了逛,买了两本蓝油夏布面子的新帐本,一个青花方瓷印色盒子。他一想到扣子把一方万胜边枣木戳子蘸上印色,呵两口气,盖在一张粉连子[2]上,他的心扑通扑通直跳,他一直想问问他们可给他斟酌定了,不好意思。现在,他正在盘算着甚[3]么出口。他嘀咕着:"明天,后天,大后天,哎呀!——"他着急要来不及了。刻图章的陈老三认识,赶是可以赶的,总不能弄到最后一天去。他心里有事,别人说甚么事,那么起劲,他没听到。他脸上发热,耳朵都红了。

教蒙馆的陆先生叫了一声,

"王老二!"

"喓,甚么事陆先生?"

"你的那个字号啊,——"

---

1 图书即图章。——编者注
2 即粉连纸。一种白色的一面光的纸,比较薄,半透明,可以蒙在字画上描摹。——编者注
3 "甚么"疑为"怎么"。——编者注

"哦。"

"我们大家推敲过了。"

"承情承情!"

"乾啦,泰啦,丰啦,隆啦,昌啦,……都不大合适,这个,这个,你那个店不大,怕不大称。(王二正想到这个。)你末,叫王义成,你儿子叫王坤和,你不是想日后把店传给儿子吗,我们觉得还是从你们两个名字当中各取一个字,就叫王义和好了。你这个生意路子宽,不限甚么都可以做,也不必底下再赘甚么字,就叫'王义和号'好了。如何,你以为?"

王二一句一句的听进去,他听王少堂说"武十回"打虎杀嫂也没这么经心,他一辈子没听过这么好听的声音,陆先生点火吃烟,他连忙:

"好极了,好极了。"

陆先生还有话:

"图书呢,已经给你刻好了,在卢先生那儿。"

王二嘴里一声"啊——"他说不出话来。这他实在没有想到!王二如果还能哭,这时他一定哭。别人呢,这时也都应当唱起来。他们究竟是那么样的人,感情表达在他们的声音里,话说得快些,高些,活泼些。他们忘记了时间,用他们一生之中少有的狂兴往下谈。扣子已经把一盏马灯点好,靠在屏门上等了半天,又撑开罩子吹熄了。

自然先谈了许多往事。这里有几个老辈子,事情记得真清楚。王二父亲甚么时候死的,那时候他怎么瘦得像个猴子,到粥厂拾个粮子打粥去。怎么那年跌了一交,额角至今有个疤,怎么挎了个篮子卖花生,卖梨,卖柿饼子,卖荸荠;怎么开始摆熏烧摊子;……王二痛定思痛,简直伤心,伤心又快乐,总结起来心里满是感激。他手里一方木戳子不歇的掭来掭去。

"一切是命。八个字注得定定的。抬头朱洪武,低头沈万山,猴一猴是个穷范单。除了命,是相。耸肩成山字,可以麒麟阁上画图。朱洪武生来一副五岳朝天的脸!汉高祖屁股上有七十二颗黑痣,少一颗坐不了金銮宝殿!一个人多少有点异像,才能发。"

于是谈了古往今来,远山近水的穷达故事。

最后自然推求王二如何能有今天了。

王二这回很勇敢,用一种非常严重的声音,声音几乎有点抖,说:

"我呀,我有一个好处:大小解分清。大便时不小便。喏,上毛房时,不是大便小便一齐来。"

他是坐着说的,但听声音是笔直的站着。

大家肃然。随后是一片低低的感叹。

这时门外一声：

"爹！你怎么还不回去？"

来的是王二女儿，瘦瘦小小，像她爹，她手里一张灯笼，女儿后面是他哥哥王大，王大又高又大，一脸络腮胡子，瞪着两眼。

那架老钟抖抖搂搂的一声一声的敲，那个生锈的钢簧一圈一圈振动，仿佛声音也是一个圈一个圈扩散开来，像投石于水，颤颤巍巍。数。铛，——铛，——铛，——铛，……一共十下。

王二起来。

"来了来了。这么冷的天，谁教你来的！"

"妈！"

忽然哄堂大笑。

"少陪少陪。"

王二走了一步，又站着：

"大后儿，在对面聚兴楼，给个脸，一定到，早到，没有甚么菜，喝一杯，意思意思，那天一早晨我来邀。

"少陪你老。少陪，卢先生。少陪，陆先生，……

"扣子！把妹妹手上灯笼接过来！马灯不用点了，我拿着。"

大家目送王二一家出门。

街上这时已断行人,家家店门都已上了。门缝里有的尚有一线光透出来。王二一家稍为参差一点的并排而行。王大在旁,过来是扣子,王二护定他女儿走在另一边。灯笼的光圈幌,幌,幌过去。更锣声音远远的在一段高高的地方敲,狗吠如豹,霜已经很重了。

"聋子放炮仗,我们也散了。"师爷与学究连袂出去,这家店门也阖起来。

学徒的上毛房。

十二月三日写成。上海。

邂　逅

船开了一会，大家坐定下来。理理包箧，接起刚才中断的思绪，回味正在进行中的事务已过的一段的若干细节，想一想下一步骤可能发生的情形；没有目的的擒纵一些飘忽意象；漫然看着窗外江水；接过茶房递上来的手巾擦脸；掀开壶盖给茶房沏茶；口袋里摸出一张甚么字条，看一看，又搁了回去；抽烟；打盹；看报；尝味着透入脏腑的机器的浑沉的震颤，——震得身体里的水起了波纹，一小圈，一小圈；暗数着身下靠背椅的一根一根木条；甚么也不干，听而不闻，视而不见，近乎是虚设的"在"那里；观察，感觉，思索着这些，……各种生活式样摆设在船舱座椅上，展放出来；若真实，又若空幻，各自为政，没有章法，然而为一种

---

* 初刊于一九四八年五月二日《华北日报》，初收于《邂逅集》。

甚么东西范围概括起来,赋之以相同的一点颜色。——那也许是"生活"本身。在现在,即是"过江",大家同在一条"船"上。

在分割了的空间之中,在相忘于江湖的漠然之中,他被发现了,像从一棵树下过,忽然而发现了这里有一棵树。他是甚么时候进来的呢?他一定是刚刚进来。虽没有人注视着舱门如何进来了一个人,然而全舱都已经意识到他,在他由动之静,迈步之间有停止之意而终于果然站立下来的时候,他的进来完全成为了一个事实。像接到了一个通知似的,你向他看。

你觉得若有所见了。

活在世上,你好像随时都在期待着,期待着有甚么可以看一看的事。有时你疲疲困困,你的心休息,你的生命匍伏着像一条假寐的狗,而一到有什么事情来了,你醒豁过来,白日里闪来了清晨。

常常也是一涉即过,清新的后面是沉滞,像一缕风。

他停立在两个舱门之间的过道当中,正好是大家都放弃而又为大家所共有的一个自由地带。——他为甚么不坐,有的是空座位。——他不准备坐,没有坐的意思,他没有从这边到那边看一看,他不是在挑选哪一张椅子比较舒服。他好像有所等待的样子。——动人的是他的等待么?

他脉脉的站在那里。在等待中总是有一种孤危无助的神情的，然而他不放纵自己的情绪，不强迫人怜恤注意他。他意态悠远，肤体清和，目色沉静，不纷乱，没有一点焦燥不安，没有忍耐。——你疑心他也许并不等待着甚么，只是他的神情总像在等待着甚么似的而已。

他整洁，漂亮，颀长，而且非常的文雅，身体的态度，可欣可感，都好极了。难得的，遇到这样一个人。

噫，——他是个瞎子，——他来卖唱，——他是等着这个女孩子进来，那是他女儿，他等待着茶房沏了茶打了手巾出去，（茶房从他面前经过时他略为往后退了退，让他过去，）等着人定，等着一个适当的机会开口。

她本来在哪里的？是等在舱门外头？她也进来得正是时候，像她父亲一样，没有人说得出她怎么进来的，而她已经在那里了，毫不突兀，那么自然，那么恰到好处，刚刚在点儿上。他们永远找得到那个千载一时的成熟的机缘，一点不费力。他已经又在许多纷纭褶曲的心绪的空隙间插进他的声音，不知道甚么时候，说了一句简单的开场白，唱下去了。没有跳踉呼喝，振足拍手，没有给任何旅客一点惊动，一点刺激，仿佛一切都预先安排，这支曲子本然的已经伏在那里，应当有的，而且简直不可或缺，不是改变，是完成；不是反，是正；不是二，是一。……

邂逅

一切有点出乎意外。

我高兴我已经十年不经过这一带,十年没有坐这种过江的渡轮了,我才不认识他。如果我已经知道他,情形会不会不同?一切令我欣感的印象会不会存在?——也不,总有个第一次的。在我设想他是一种甚么人的时候我没有想出,没有想到他是卖唱的。他的职业特征并不明显,不是一眼可见,也许我全心倾注在他的另一种气质,而这种气质不是,或不全是生成于他的职业,我还没有兴趣也没有时间来判断,甚至设想他是何以为生的。如果我起初就发现——为甚么刚才没有,一直到他举出来轻轻拍击的时候我才发现他手里有一付檀板呢?

从前这一带轮船上两个卖唱的,一个鸦片鬼,瘦极了,嗓子哑得简直发不出声音,咤咤的如敲破竹子;一个女人,又黑又肥,满脸麻子。——他样子不像是卖唱的?其实要说,也像,——卖唱的样子是一个甚么样子呢?——他不满身是那种气味。腐烂了的果子气味才更强烈,他还完完整整,好好的。他样子真是好极了。这是他女儿,没有问题。

他唱的甚么?

有一回,那年冬天特别冷,雪下得大极了,河封住了,船没法子开,我因事须赶回家去,只有起早走,过湖,湖都冻得实实的,船没法子过去,冰面上倒能走。大风中结了几个伴在茫茫一片冰上走,心里感动极了,抽一枝烟划一枝洋火好费事!一个人划洋火成了全队人的事情。……(我掏了一枝烟抽,)远远看见那只轮船冻在湖边,一点活意都没有,被遗弃在那儿,红的,黑的,都是可怜的颜色。我们坐过它很多次,天不这么冷,现在我们就要坐它的。忽然想起那两个卖唱的。他们在哪里了呢,雪下了这么多天了。沿河堤有许多小客栈,本来没有甚么人知道的,你想不到有那么多,都有了生意了,近年下,起早走路的客人多,都有事。他们大概可以一站一站的赶,十多里,二三十里,赶到小客栈里给客人解闷去,他们多半会这么着的。封了河不是第一次,路真不好走。一个人走起来更苦,他们其实可以结成伴。——哈,他们可以结婚!

这我想过不止一次了,颇有为他们做媒之意。"结婚",哈!但是他们一起过日子很不错,同是天涯沦落人,彼此有个照应。可是怪,同在一路,同在一条船上卖唱,他们好像并没有同类意识,见了面没有看他们招呼过,谈话中也未见彼此提起过,简直不认识似的。不会,认识是当然认识的。利害相妨,同行妒忌,未必罢,他们之间没有竞争。

男的鸦片抽成了精,没有几年好活了,但是他机灵,活络得多,也皮赖,一定得的钱较多。女的可以送他葬,到时候有个人哭他,买一陌纸钱烧给他。——你是不是想男的可

邂逅

以戒烟,戒了烟身体好起来,不喝酒,不赌钱,做两件新蓝布大褂,成个家,立一业,好好过日子,同偕到老?小孩子!小孩子!——不,就是在一个土地庙神龛鬼脚下安身也行,总有一点温暖的。——说不定他们还会生个孩子。

现在,他们一定结伴而行了,在大风雪中挨着冻饿,挨着鸦片烟,十里二十里的往前赶一家一家的小客栈了。小客栈里咸菜辣椒煮小鲫鱼一盘一盘的冒着热气,冒着香,锅里一锅白米饭。——今天米价是多少?一百八?

下来一半(路程)了罢?天气好,风平浪静。

他们不会结婚,从来没有想到这个上头去过。这个鸦片鬼不需要女人,这个女人没有人要。别看这个鸦片鬼,他要也才不要这个女人!他骨干肢体毁蚀了,走了样,可是本来还不错的,还起原来很有股子潇洒劲儿。那样的身段是能欣赏女人的身段,懂得风情的身段。这个女人没有女人味儿!鸦片鬼老是一段《活捉张三郎》,挤眉瞪眼,伸头缩脖子,夸张,恶俗,猥亵,下流极了。没法子。他要抽鸦片。可是要是没法子不听还是宁可听他罢。他聪明,他用两枝竹筷子丁丁当当敲一个青花五寸盘子,敲得可是神极了,溅跳洒泼,快慢自如,有声有势,活的一样。他很有点才气,适于干这一行的,他懂。那个黑麻子女人拖把胡琴唱"你把那,冤枉事勒欧欧欧欧欧……"实在不敢领教。或者,更坏,不知哪里学来的一段《黑风帕》。这个该死的蠢女人!

他们禀赋各异,玩意儿不同,凑不到一起去。

真不大像是——这女孩子配不上她父亲,——还不错,不算难看,气派好,庄静稳重,不轻浮,现在她接她父亲的口唱了。

有熟人懂得各种曲子的要问问他,他们唱的这种叫甚么调子。这其实应当说是一种戏文,用的是代言体,上台彩扮大概不成罢,声调过于逶迤曼长了。虽是两人递接着唱,但并非对口,唱了半天,仍是一个人口吻。全是抒情,没有情节。事实自《红楼梦》敷衍而出,黛玉委委屈屈向宝玉倾诉心事。每一段末尾长呼"我的宝哥哥儿来",可是唱得含蓄低宛,居然并不觉得刺耳。颇有人细细的听,凝着神,安安静静,脸上恻恻的,身体各部松弛解放下来,气息深深,偶然舒一舒胸,长长透一口气,纸烟灰烧出一长段,跌落在衣襟上,碎了,这才霍然如梦如醒。有人低语:

"他的眼睛——"

"瞎子,雀盲。"

"哦——"

进门站下来的时候就觉得,他眼睛有点特别,空空落落,不大有光彩,不流动。可是他女儿没有进来之先他向舱门外望了一眼,他一扬头,样子不像瞎眼的人。瞎眼人脸上

邂逅

都有一种焦急愤恨,眼角嘴角大都要变形的,雀盲尤其自卑,扭扭捏捏,藏藏躲躲,他没有,他脸上恬静平和极了。他应当是生下来就双眼不通,不会是半途上瞎的。

女孩子唱的还不如她父亲。——听是还可以听。

这段曲子本来跟多数民间流行曲子一样,除了感伤,剩下就没有甚么东西了,可是他唱得感伤也感伤,一点都不厉害。唱得深极了,远极了,素雅极了,醇极了,细运轻输,不枝不蔓,舒服极了。他唱的时候没有一处摇摆动幌,脸上都不大变样子,只有眉眼间略略有点凄愁,像是在深深思念之中,不像在唱。——啊不,是在唱,他全身都在低唱,没有哪一处是散涣叛离的。他唱得真低,然而不枯,不弱,声声匀调,字字透达,听得清楚分明极了,每一句,轻轻的拍一板,一段,连拍三四下。女儿所唱,格韵虽较一般为高,但是听起来薄,松,含糊,懒懒的,她是受她父亲的影响,摹仿父亲而没有其精华神髓,她尽量压减洗涤她的嗓音里的野性和俗气,可是她的生命不能与那个形式蕴合,她年纪究竟轻,而且性格不够。她不能沉湎,她心不专,她唱,她自己不听。她没有想跳出这个生活,她是个老实孩子。老实孩子,但不是没有一些片片段段的事实足以教她分心,教她不能全神贯注,入乎其中。

她有十七八岁了罢?有啰,可能还要大一点。样子还不难看。脸宽宽的,鼻子有一点塌,眼睛分得很开。搽了一点脂粉,胭脂颜色不好,桃红的。头发修得很齐,梳得光光的,稍为平板了一点,前面一个发卷于是显得像个筒子,跟后面头发有点不能相连属。腰身粗粗的,眼前还不要紧,千万不能再胖。站着能够稳稳的,腿分得不太开,脚不乱动,上身不扭,然而不僵,就算难得的了。她的态度救了她的相貌不少。她神色间有点疲倦,一种心理的疲倦。——她有了人家没有?一件黑底小红碎花布棉袍,青鞋,线袜,干干净净。——又是父亲了,他们轮着来。她唱得比较少,大概是父亲唱两段,女儿唱一段。

天气真好,简直没有甚么风。船行得稳极了。

谁把茶壶跟茶杯挨近着放,船震,轻轻的碜出瓷的声音,细细的,像个金铃子叫。——嗳呀,叫得有点烦人!心里不舒服,觉得恶心。——好了,平息了,心上一点霉斑。——让它叫去罢,不去管它。

是不是这么分的,一个两段,一个一段?这么分法有甚么理由?要是倒过来,——现在这么听着挺合适,要是女儿唱两段父亲唱一段呢,这个布局想像得出么?两种花色编结起来的连续花边,两朵蓝的,间有一朵绿的,(紫的,黄的,银红的,杂色的,)如果改成两朵绿的一朵蓝的呢?……甚么蓝的绿的,不像!干甚么用比喻呢,比喻不伦!——有没有女儿两段父亲一段的时候?——分开了唱四段比连作唱三段省力。——两个人比一个人唱好,有变化,不单调,起来复舒卷感,像花边。——比喻是个陷阱,还是摔不开!——接口接得真好,一点不露痕迹,没有夺占,没有缝隙,水流云驻,叶落花开,相契莫逆,自自在在,当他末一声的有馀将尽,她的第一字恰恰出口,不颔首,不送目,不轻轻咳嗽,看不出一点点暗示和预备的动作。

他们并排站着,稍有一段距离。他们是父女,是师徒,也还是同伴。她唱得比较少,可是并不就是附属陪衬。她并不多馀,在她唱的时候她也是独当一面,她有她的机会,他并不完全笼罩了她,他们之间有的是平等,合作时不可少的平等。这种平等不是力求,故不露暴,于是更圆满了。——真的平等不包含争取。父亲唱的时候女儿闲着,她手里没有一样东西,可是她能那么安详!她垂手直身,大方窈窕,有时稍稍回首,看她父亲一眼,看他的侧面,他的手。——她脚下不动。

他自己唱的时候他拍板,女儿唱的时候他为女儿拍板,他从头没有离开过曲子一步。他为女儿拍板时也跟为自己拍板时一样。好像他女儿唱的时候有两起声音,一起直接散出去,一起流过他,再出去。不,这两条路亦分亦合,还有一条路,不管是他和她所发的声音都似乎不是从这里,不是由这两个人,不是在我们眼前这个方寸之地传来的,不复是一个现实,这两个声音本身已经连成一个单位。——不是连成,本是一体,如藕于花,如花于镜,无所凭藉,亦无落著,在虚空中,在天地水土之间。……

女孩子眼睛里看见甚么了?一个客人袖子带翻了一只茶杯,残茶流出来,渐成一线,伸过去,伸过去,快要到那个纸包了,——纸包里是甚么东西?——嘻,好了,桌子有一条缝,茶透到缝里去了——还没有,——还没有——滴下来了!这种茶杯底子太小,不稳,轻轻一偏就倒了。她一边看,一边唱,唱完了,还在看,不知是不是觉得有人看出了,有点不好意思,微低了头,面色肃然。——有人悄悄的把放在桌上的香烟火柴放回口袋里,快到了罢?对岸山浅浅的一抹。他唱完了这一段大概还有一段,由他开头,也由他收尾。

完了,可是这次好像只有一段?女儿走下来收钱,他还是等在那儿。他收起檀板,敛手垂袖而立,温文恭谨,含情脉脉,跟进来时候一样。

他样子真好极了。人高高的,各部分都称配,均衡,可是并不伟岸,周身一种说不出来的优雅高贵。稍稍有点衰弱,还好,还看不出有病苦的痕迹。总五十左右岁了。……今天是……十三,过了年才这么几天,风吹着已经似乎不同了。——他是理了发过的年罢,发根长短正合适。梳得妥妥贴贴,大大方方。头发还看不出白的。——他不能自己修脸罢?也还好,并不惨厉,而且稍为有点阴翳于他正相宜,这是他的本来面目,太光滑了就不大像他了。他脸上轮廓清晰而固定,不易为光暗影响改变。手指白白皙皙,指甲修得齐齐的。——干净极了!一眼看去就觉得他的干净。可是干净得近人情,干净得教人舒服,不萧索,不干燥,不冷,不那么兢兢冀冀,时刻提防,觉得到处都脏,碰不得似的。一件灰色棉袍,剪裁得合身极了。布的。——看上去料子像很好?——是布的。不单是袍子,里面衬的每一件衣裤也一定都舒舒齐齐,不破,不脏,没气味,不窝囊着,不扯起来,口袋纽子都不残缺,一件套着一件,一层投着一层,袖口一样长短,领子差不多高低,边对边,缝对缝。……还很新,是去年冬天做的。——袍子似乎太厚了一点,有点臃肿,减少了他的挺拔。——不,你看他的腮,他真该穿得暖些啊。他的胸,他的背,他的腰胁,都暖洋洋的,他全身正在领受着一重丰厚的暖意,——一脉近于叹息的柔情在他的脸上。

她顺着次序走过一个一个旅客,不说一句话,伸出她的手,坦率,无邪,不跼促,不扭呢,不争多较少,不泼剌,不纠缠,规规矩矩老老实实。——这女孩子实在不怎样好看,她鼻子底下有颗痣。都给的。——有一两个,她没有走近,看样子他也许没有,然而她态度中并无轻蔑之意,不让人不安。有的脸背着,或低头扣好皮箱的锁,她轻轻在袖子上拉一拉。——真怪,这样一个动作中居然都包含一点卖弄风情,没有一点冒昧。被拉的并不嗔怪,不声不响,掏出钱来给她。——有人看着他,他脸一红,想分辩,我不是——是的,你忙着有事,不是规避,谁说你小器的呢,瞧瞧你这样的人,像么,——于是两人脸上似笑非笑了一下,眼光各向一个方向挪去。——这两个人说不定有机会认识,他们老早谈过话了。——在澡堂里,饭馆里,街上,隔若干日子,碰着了,他们有招呼之意,可是匆匆错过了,回来,也许他们会想,这个人好面熟,哪里见过的?——大概想不出究竟是哪里见过的了罢?——人应当记日记。——给的钱上下都差不多,这也好像有个行情,有个适当得体的数目,切合自己生活,也不触犯整个社会。这玩意儿真不易,够学的!过到老,学不了,学的就是这种东西?这是老练,是人生经验,是贾宝玉反对的学问文章,我的老天爷!——这一位,没有零的,掏出来一张两万关金券,一时张皇极了,没有主意,连忙往她手里一搁,心直跳,转过身来伏在船窗上看江水,他简直像大街上摔了一大跤。——哎,别介,没有关系。——差不多全给的。然而送给舱里任何一位一定没有人要,一点不是一个可羡慕的数目。——上海正发行房屋奖券，这里头一定有人买的，就快开奖了，你见过设计图样么？——从前用铜子，卖唱的多用一个小藤册子接钱，投进去磬磬的响。

都收了，她回去，走近她父亲，——她第一次靠着她父亲，伸一个手给他，拉着他，她在前，他在后，一步一步走出去了。他是个瞎子。——我这才真正的觉得他瞎，看到他眼睛看不见，十分的动了心。他的一切声容动静都归纳摄收在这最后的一瞥，造成一个印象，完足，简赅，具体。他走了，可是印象留下来。——他们是父女，无条件的，永远的，没有一丝缝隙的亲骨肉。不，她简直是他的母亲啊！他们走了。……

"他们一天能得多少钱？"

"也不多——轮渡一天来回才开几趟。夏天好，夏天晚上还有人叫到家里唱。"

"那他们穿的？"

"嗳——"

船平平稳稳的行进，太阳光照在船上，船在柔软的江水上。机器的震动均匀而有力，充满健康，充满自信。舱壁上几道水影的反光幌荡。船上安静极了，有秩序极了。——忽然乱起来，像一个灾难，一个麻袋挣裂了，滚出各种果实。一个脚夫像天神似的跳到舱里。——到了，下午两点钟。

鸡　毛

西南联大有一个文嫂。

她不是西南联大的人。她不属于教职员工，更不是学生。西南联大的各种名册上都没有"文嫂"这个名字。她只是在西南联大里住着，是一个住在联大里的校外的人。然而她又的的确确是"西南联大"的一个组成部分。她住在西南联大的新校舍。

西南联大有许多部分：新校舍、昆中南院、昆中北院、昆华师范、工学院……其他部分都是借用的原有的房屋，新校舍是新建的，也是联大的主要部分。图书馆、大部分教室、各系的办公室、男生宿舍……都在新校舍。

新校舍在昆明大西门外，原是一片荒地。有很多坟，几

＊初刊于《文汇月刊》一九八一年第九期，初收于《晚饭花集》。

户零零落落的人家。坟多无主。有的坟主大概已经绝了后，不难处理。有一个很大的坟头，一直还留着，四面环水，如一小岛，春夏之交，开满了野玫瑰，香气袭人，成了一处风景。其余的，都平了。坟前的墓碑，有的相当高大，都搭在几条水沟上，成了小桥。碑上显考显妣的姓名分明可见，全都平躺着了。每天有许多名师大儒、莘莘学子从上面走过。住户呢，由学校出几个钱，都搬迁了。文嫂也是这里的住户。她不搬。说什么也不搬。她说她在这里住惯了。联大的当局是很讲人道主义的，人家不愿搬，不能逼人家走。可是她这两间破破烂烂的草屋，不当不间地戳在那里，实在也不成个样子。新校舍建筑虽然极其简陋，但是是经过土木工程系的名教授设计过的，房屋安排疏密有致，空间利用十分合理。那怎么办呢？主其事者跟文嫂商量，把她两间草房拆了，另外给她盖一间，质料比她原来的要好一些。她同意了，只要求再给她盖一个鸡窝。那好办。

她这间小屋，土墙草顶，有两个窗户（没有窗扇，只有一个窗洞，有几根直立着的带皮的树棍），一扇板门。紧靠西面围墙，离二十五号宿舍不远。

宿舍旁边住着这样一户人家，学生们倒也没有人觉得奇怪。学生叫她文嫂。她管这些学生叫"先生"。时间长了，也能分得出张先生、李先生、金先生、朱先生……但是，相处这些年了，竟没有一个先生知道文嫂的身世，只知道她是一个寡妇，有一个女儿。人很老实。虽然没有知识，但是洁身自好，不贪小便宜。除非你给她，她从不伸手要东西。学生丢了牙膏肥皂、小东小西，从来不会怀疑是她顺手牵羊拿了去。学生洗了衬衫，晾在外面，被风吹跑了，她必为捡了，等学生回来时交出："金先生，你的衣服。"除了下雨，她一天都是在屋外呆着。她的屋门也都是敞开着的。她的所作所为，都在天日之下，人人可以看到。

她靠给学生洗衣服、拆被窝维持生活。每天大盆大盆地洗。她在门前的两棵半大榆树之间拴了两根棕绳，拧成了麻花。洗得的衣服，夹紧在两绳之间。风把这些衣服吹得来回摆动，霍霍作响。大太阳的天气，常常看见她坐在草地上（昆明的草多丰茸齐整而极干净）做被窝，一针一针，专心致意。衣服被窝洗好做得了，为了避免嫌疑，她从不送到学生宿舍里去，只是叫女儿隔着窗户喊："张先生，来取衣服，"——"李先生，取被窝。"

她的女儿能帮上忙了，能到井边去提水，踮着脚往绳子上晾衣服，在床上把衣服抹煞平整了，叠起来。

文嫂养了二十来只鸡（也许她原是靠喂鸡过日子的）。联大到处是青草，草里有昆虫蚱蜢种种活食，这些鸡都长得极肥大，很肯下蛋。隔多半个月，文嫂就挎了半篮鸡蛋，领着女儿，上市去卖。蛋大，也红润好看，卖得很快。回来时，带了盐巴、辣子，有时还用马兰草提着一块够一个猫吃的肉。

每天一早，文嫂打开鸡窝门，这些鸡就急急忙忙，迫不及待地奔出来，散到草丛中去，不停地啄食。有时又抬起头来，把一个小脑袋很有节奏地转来转去，顾盼自若，——鸡转头不是一下子转过来，都是一顿一顿地那么转动。到觉得肚子里那个蛋快要坠下时，就赶紧跑回来，红着脸把一个蛋下在鸡窝里。随即得意非凡地高唱起来："郭格答！郭格答！"文嫂或她的女儿伸手到鸡窝里取出一颗热烘烘的蛋，顺手赏了母鸡一块土坷垃："去去去！先生要用功，莫吵！"这鸡婆子就只好咕咕地叫着，很不平地走到草丛里去了。到了傍晚，文嫂抓了一把碎米，一面撒着，一面"咕咕，咕咕"叫着，这些母鸡就都即即足足地回来了。它们把碎米啄尽，就鱼贯进入鸡窝。进窝时还故意把脑袋低一低，把尾巴向下耷拉一下，以示雍容文雅，很有鸡教。鸡窝门有一道小坎，这些鸡还都一定两脚并齐，站在门坎上，然后向前一跳。这种礼节，其实大可不必。进窝以后，咕咕嚷嚷一会，就寂然了。于是夜色就降临抗战时期最高学府之一，国立西南联合大学的新校舍了。阿门。

文嫂虽然生活在大学的环境里，但是大学是什么，这有什么用,为什么要办它,这些,她可一点都不知道。只知道有许多"先生",还有许多小姐,或按昆明当时的说法,有很多"摩登",来来去去;或在一个洋铁皮房顶的屋子(她知道那叫"教室")里,坐在木椅子上,呆呆地听一个"老倌"讲话。这些"老倌"讲话的神气有点像耶稣堂卖福音书的教士(她见过这种教士)。但是她隐隐约约地知道,先生们将来都是要做大事,赚大钱的。

先生们现在可没有赚大钱,做大事,而且越来越穷,找文嫂洗衣服、做被子的越来越少了。大部分先生非到万不得已,不拆被子。一年也不定拆洗一回。有的先生虽然看起来衣冠齐楚,西服皮鞋,但是皮鞋底下有洞。有一位先生还为此制了一则谜语:"天不知地知,你不知我知。"他们的袜子没有后跟,穿的时候就把袜尖往前拽拽,窝在脚心里,这样后跟的破洞就露不出来了。他们的衬衫穿脏了,脱下来换一件。过两天新换的又脏了,看看还是原先脱下的一件干净些,于是又换回来。有时要去参加 Party[1],没有一件洁白的衬衫,灵机一动:有了!把衬衫反过来穿!打一条领带,把钮扣遮住,这样就看不出反正了。就这样,还很优美地跳着《蓝色的多瑙河》。有一些,就完全不修边幅,衣衫褴褛,囚首垢面,跟一个叫花子差不多了。他们的裤子破了,就用

---

1 英文:社交聚会。

一根麻绳把破处系紧。文嫂看到这些先生,常常跟女儿说:"可怜!"

来找文嫂洗衣的少了,她还有鸡,而且她的女儿已经大了。

女儿经人介绍,嫁了一个司机。这司机是下江人,除了他学着说云南话:"为哪样"、"咋个整",其余的话,她听不懂。但她觉得这女婿人很好。他来看过老丈母,穿了麂皮夹克,大皮鞋,头上抹了发蜡。女儿按月给妈送钱。女婿跑仰光、腊戍,也跑贵州、重庆。每趟回来,还给文嫂带点曲靖韭菜花,贵州盐酸菜,甚至宣威火腿。有一次还带了一盒遵义板桥的化风丹,她不知道这有什么用。他还带来一些奇形怪状的果子。有一种果子,香得她的头都疼。下江人女婿答应养她一辈子。

文嫂胖了。

男生宿舍全都一样,是一个窄长的大屋子,土墼墙,房顶铺着木板,木板都没有刨过,留着锯齿的痕迹,上盖稻草;两面的墙上开着一列像文嫂的窗洞一样的窗洞。每间宿舍里摆着二十张双层木床。这些床很笨重结实,一个大学生可以在上面放放心心地睡四年,一直睡到毕业,无须修理。床本来都是规规矩矩地靠墙排列着的,一边十张。可是这些大学生需要自己的单独的环境，于是把它们重新调动了一下，有的两张床摆成一个曲尺形，有的三张床摆成一个凹字形，就成了一个一个小天地。按规定，每一间住四十人，实际都住不满。有人占了一个铺位，或由别人替他占了一个铺位而根本不来住；也有不是铺主却长期睡在这张铺上的；有根本不是联大学生，却在新校舍住了好几年的。这些曲尺形或凹字形的单元里，大都只有两三个人。个别的，只有一个。一间宿舍住的学生，各系的都有。有一些互相熟悉，白天一同进出，晚上联床夜话；也有些老死不相往来，连贵姓都不打听。二十五号南头一张双层床上住着一个历史系学生，一个中文系学生，一个上铺，一个下铺，两个人合住了一年，彼此连面都没有见过：因为这二位的作息时间完全不同。中文系学生是个夜猫子，每晚在系图书馆夜读，天亮才回来；而历史系学生却是个早起早睡的正常的人。因此，上铺的铺主睡觉时，下铺是空的；下铺在酣睡时，上铺没有人。

联大的人都有点怪。"正常"在联大不是一个褒词。一个人很正常，就会被其余的怪人认为"很怪"。即以二十五号宿舍而论，如果把这些先生的事情写下来，将会是一部很长的小说。如今且说一个人。

此人姓金，名昌焕，是经济系的。他独占北边的一个凹字形的单元。他不欢迎别人来住，别人也不想和他搭伙。他不知从哪里弄来一些木板，把双层床的一边都钉了木板，就成了一间屋中之屋，成了他的一统天下。凹字形的当中，摞着几个装肥皂的木箱——昆明这种木箱很多，到处有得卖，这就是他的书桌。他是相当正常的。一二年级时，按时听讲，从不缺课。联大的学生大都很狂，讥弹时事，品藻人物，语带酸咸，辞锋很锐。金先生全不这样。他不发狂论。事实上他很少跟人说话。其特异处有以下几点：一是他所有的东西都挂着，二是从不买纸，三是每天吃一块肉。他在他的床上拉了几根铁丝，什么都挂在这些铁丝上，领带、袜子、针线包、墨水瓶……他每天就睡在这些丁丁当当的东西的下面。学生离不开纸。怎么穷的学生，也得买一点纸。联大的学生时兴用一种灰绿色布制的夹子，里面夹着一叠白片艳纸，用来记笔记，做习题。金先生从不花这个钱。为什么要花钱买呢？纸有的是！联大大门两侧墙上贴了许多壁报，学术演讲的通告，寻找失物、出让衣鞋的启事，形形色色，琳琅满目。这些启事、告白总不是顶天立地满满写着字，总有一些空白的地方。金先生每天晚上就带了一把剪刀，把这些空白的地方剪下来。他还把这些纸片，按大小、纸质、颜色，分门别类，裁剪整齐，留作不同用处。他大概是相当笨的，因此每晚都开夜车。开夜车伤神，需要补一补。他按期买了猪肉,切成大小相等的方块,借了文嫂的鼎罐(他借用了鼎罐,都是洗都不洗就还给人家了),在学校茶水炉上炖熟了,密封在一个有盖的瓷坛里。每夜用完了功,就打开坛盖,用一只一头削尖了的筷子,瞅准了,扎出一块,闭目而食之。然后,躺在丁丁当当的什物之下,酣然睡去。

这样过了三年。到了四年级,他在聚兴诚银行里兼了职,当会计。其时他已经学了簿记、普通会计、成本会计、银行会计、统计……这些学问当一个银行职员,已是足用的了。至于经济思想史、经济地理……这些空空洞洞的课程,他觉得没有什么用处,只要能混上学分就行,不必苦苦攻读,可以缺课。他上午还在学校听课,下午上班。晚上仍是开夜车,搜罗纸片,吃肉。自从当了会计,他添了两样毛病。一是每天提了一把黑布阳伞进出,无论冬夏,天天如此。二是穿两件衬衫,打两条领带。穿好了衬衫,打好领带;又加一件衬衫,再打一条领带。这是干什么呢?若说是显示他有不止一件衬衫、一条领带吧,里面的衬衫和领带别人又看不见;再说这鼓鼓囊囊的,舒服吗?真是令人百思不得其解。因此,同屋的那位中文系夜游神送给他一个外号,这外号很长:"二十年目睹之怪现状"。

金先生很快就要毕业了。毕业以前,他想到要做两件事。一件是加入国民党,这已经着手办了;一件是追求一个女同学，这可难。他在学校里进进出出，一向像马二先生逛西湖：他不看女人，女人也不看他。

谁知天缘凑巧，金昌焕先生竟有了一段风流韵事。一天，他正提着阳伞到聚兴诚去上班，前面走着两个女同学，她们交头接耳地谈着话。一个告诉另一个：这人穿两件衬衫，打两条领带，而且介绍他有一个很长的外号："二十年目睹之怪现状"。听话的那个不禁回头看了金昌焕一眼，嫣然一笑。金昌焕误会了：谁知一段姻缘却落在这里。当晚，他给这女同学写了一封情书。开头写道："×××女士芳鉴，迳启者……"接着说了很多仰慕的话，最后直截了当地提出："倘蒙慧眼垂青，允订白首之约，不胜荣幸之至。随函附赠金戒指一枚，务祈笑纳为荷。"在"金戒指"三字的旁边还加了一个括弧，括弧里注明："重一钱五"。这封情书把金先生累得够呛，到他套起钢笔，吃下一块肉时，文嫂的鸡都已经即即足足地发出声音了。

这封情书是当面递交的。

这位女同学很对得起金昌焕。她把这封信公布在校长办公室外面的布告栏里，把这枚金戒指也用一枚大头针钉在布告栏的墨绿色的绒布上。于是金昌焕一下子出了大名了。

金昌焕倒不在乎。他当着很多人，把信和戒指都取下来，收回了。

你们爱谈论，谈论去吧！爱当笑话说，说去吧！于金昌焕何有哉！金昌焕已经在重庆找好了事，过两天就要离开西南联大，上任去了。

文嫂丢了三只鸡，一只笋壳鸡，一只黑母鸡，一只芦花鸡。这三只鸡不是一次丢的，而是隔一个多星期丢一只。不知怎么丢的。早上开鸡窝放鸡时还在，晚上回窝时就少了。文嫂到处找，也找不着。她又不能像王婆骂鸡那样坐在门口骂——她知道这种泼辣作法在一个大学里很不合适，只是一个人叨叨："我呐（的）鸡呢？我呐鸡呢？……"

文嫂的女儿回来了。文嫂吓了一跳：女儿戴得一头重孝。她明白出了大事了。她的女婿从重庆回来，车过贵州的十八盘，翻到山沟里了。女婿的同事带了信来。母女俩顾不上抱头痛哭，女儿还得赶紧搭便车到十八盘去收尸。

女儿走了，文嫂失魂落魄，有点傻了。但是她还得活下去，还得过日子，还得吃饭，还得每天把鸡放出去，关鸡窝。还得洗衣服，做被子。有很多先生都毕业了，要离开昆明，临走总得干净干净，来找文嫂洗衣服、拆被子的多了。

这几天文嫂常上先生们的宿舍里去。有的先生要走了，行李收拾好了，总还有一些带不了的破旧衣物，一件鱼网似的毛衣，一个压扁了的脸盆，几只配不成对的皮鞋——那有洞的鞋底至少掌鞋还有用……这些先生就把文嫂叫了来，随她自己去挑拣。挑完了，文嫂必让先生看一看，然后就替他们把曲尺形或凹字形的单元打扫一下。

因为洗衣服、拣破烂，文嫂还能岔乎岔乎，心里不至太乱。不过她明显地瘦了。

金昌焕不声不响地走了。二十五号的朱先生叫文嫂也来看看，这位"怪现状"是不是也留下一些还值得一拣的东西。

什么都没有。金先生把一根布丝都带走了。他的凹形王国里空空如也，只留下一个跟文嫂借用的鼎罐。文嫂毫无所得，然而她也照样替金先生打扫了一下。她的笤帚扫到床下，失声惊叫了起来：床底下有三堆鸡毛，一堆笋壳色的，一堆黑的，一堆芦花的！

文嫂把三堆鸡毛抱出来，一屁股坐在地下，大哭起来。

"啊呀天呐，这是我叨鸡呀！我叨笋壳鸡呀！我叨黑母鸡，我叨芦花鸡呀！……"

"我寡妇失业几十年哪，你咋个要偷我叨鸡呀！……"

"我风里来雨里去呀，我的命多苦，多艰难呀，你咋个要偷我叨鸡呀！……"

"你先生是要做大事，赚大钱的呀，你咋个要偷我叨鸡呀！……"

"我叨女婿死在贵州十八盘，连尸都还没有收呀，你咋个要偷我叨鸡呀!……"

她哭得很伤心,很悲痛。

她好像要把一辈子所受的委曲、不幸、孤单和无告全都哭了出来。

这金昌焕真是缺德,偷了文嫂的鸡,还借了文嫂的鼎罐来炖了。至于他怎么偷的鸡,怎样宰了,怎样退的鸡毛,谁都无从想象。

林子大了,什么鸟都有。

一九八一年六月六日

钓人的孩子

钓人的孩子

抗日战争时期。昆明大西门外。

米市,菜市,肉市。柴驮子,炭驮子。马粪。粗细瓷碗,砂锅铁锅。闷鸡米线,烧饵块。金钱片腿,牛干巴。炒菜的油烟,炸辣子的呛人的气味。红黄蓝白黑,酸甜苦辣咸。

每个人带着一生的历史,半个月的哀乐,在街上走。栖栖惶惶,忙忙碌碌。谁都希望意外地发一笔小财,在路上捡到一笔钱。

一张对摺着的钞票躺在人行道上。

＊初刊于《海燕》一九八二年第四期,初收于《晚饭花集》。

用这张钞票可以量五升米,割三斤肉,或扯六尺细白布,——够做一件汗褂,或到大西门里牛肉馆要一盘冷片、一碗汤片、一大碗饭、四两酒,美美地吃一顿。

一个人弯腰去捡钞票。

噌——,钞票飞进了一家店铺的门里。

一个胖胖的孩子坐在门背后。他把钞票丢在人行道上,钞票上拴了一根黑线,线头捏在他的手里。他偷眼看着钞票,只等有人弯腰来拾,他就猛地一抽线头。

他玩着这种捉弄人的游戏,已经玩了半天。上当的已经有好几个人了。

胖孩子满脸是狡猾的笑容。

这是一个小魔鬼。

这孩子长大了,将会变成一个什么人呢?日后如果有人提起他的恶作剧,他多半会否认。——也许他真的已经忘了。

捡 金 子

这是一个怪人,很孤傲,跟谁也不来往,尤其是女同学。他是哲学系的研究生。他只有两个"听众",都是中文系四年级的学生。他们每天一起坐茶馆,在茶馆里喝清茶,嗑葵花子,看书,谈天,骂人。哲学研究生高谈阔论的时候多,那两位只有插话的分儿,所以是"听众"。他们都有点玩世不恭。哲学研究生的玩世不恭是真的,那两位有点是装出来的。他们说话很尖刻,动不动骂人是"卑劣的动物"。他们有一套独特的语言。他们把漂亮的女同学叫做"虎",把谈恋爱叫做"杀虎",把钱叫做"刀"。有刀则可以杀虎,无刀则不能。诸如此类。他们都没有杀过一次虎。

这个怪人做过一件怪事:捡金子。昆明经常有日本飞机来空袭。一有空袭就拉警报。一有警报人们就都跑到城外的山野里躲避,叫做"逃警报"。哲学研究生推论:逃警报的人一定会把值钱的东西带在身边,包括金子;有人带金子,就会有人丢掉金子;有人丢掉金子,一定会有人捡到;人会捡到金子;我是人,故我可以捡到金子。这一套逻辑推理实在是无懈可击。于是在逃警报时他就沿路注意。他当真捡到金戒指,而且不止一次,不止一枚。

此人后来不知所终。

有人说他到了重庆,给《中央日报》写社论,骂共产党。

航空奖券

国民党的中央政府发行了一种航空救国奖券,头奖二百五十万元,月月开奖。虽然通货膨胀,钞票贬值,这二百五十万元一直还是一个相当大的数目。这就是说,在国民党统治范围的中国,每个月要凭空出现一个财主。花不多的钱,买一个很大的希望,因此人们趋之若鹜,代卖奖券的店铺的生意很兴隆。

中文系学生彭振铎高中毕业后曾教过两年小学,岁数比同班同学都大。他相貌平常,衣装朴素,为人端谨。他除了每月领助学金(当时叫做"贷金"),还在中学兼课,有一点微薄的薪水。他过得很俭省,除了买买书,买肥皂牙膏,从不乱花钱。不抽烟,不饮酒。只有他的一个表哥来的时候,他的生活才有一点变化。这位表哥往来重庆、贵阳、昆明,跑买卖。虽是做生意的人,却不忘情诗书,谈吐不俗。他来了,总是住在爱群旅社,必把彭振铎邀去,洗洗澡,吃吃馆子,然后在旅馆里长谈一夜。谈家乡往事,物价行情,也谈诗。平常,彭振铎总是吃食堂,吃有耗子屎的发霉的红米饭,吃炒芸豆,还有一种叫做芋磨[1]豆腐的紫灰色的烂糊糊的东西。他读书很用功,但是没有一个教授特别赏识他,没

---

[1] "芋磨"疑为"魔芋"。——编者注

有人把他当作才子来看。然而他在内心深处却是一个诗人，一个忠实的浪漫主义者。在中国诗人里他喜欢李商隐，外国诗人里喜欢雪莱，现代作家里喜欢何其芳。他把《预言》和《画梦录》读得几乎能背下来。他自己也不断地写一些格律严谨的诗和满纸烟云的散文。定稿后抄在一个黑漆布面的厚练习本里，抄得很工整。这些作品，偶尔也拿出来给人看，但只限于少数他所钦服而嘴又不太损的同学。同班同学中有一个写小说的，他就请他看过。这位小说家认真地看了一遍，说："很像何其芳。"

然而这位浪漫主义诗人却干了一件不大有诗意的事：他按月购买一条航空奖券。

他买航空奖券不是为了自己。

系里有个女同学名叫柳曦，长得很漂亮。然而天然不俗，落落大方，不像那些漂亮的或自以为漂亮的女同学整天浓妆艳抹，有明星气、少奶奶气或教会气。她并不怎样着意打扮，总是一件蓝阴丹士林旗袍，——天凉了则加一件玫瑰红的毛衣。她走起路来微微偏着一点脑袋，两只脚几乎走在一条线上，有一种说不出来的风致，真是一株风前柳，不枉了小名儿唤做柳曦。彭振铎和她一同上创作课。她写的散文也极清秀，文如其人，彭振铎自愧弗如。

尤其使彭振铎动心的是她有一段不幸的身世。有一个男的时常来找她。这个男的比柳曦要大五六岁，有时穿一件藏青哔叽的中山装，有时穿一套咖啡色西服。这是柳曦的未婚夫，在资源委员会当科长。柳曦的婚姻是勉强的。她的父亲早故，家境贫寒。这个男人看上了柳曦，拿钱供柳曦读了中学，又读了大学，还负担她的母亲和弟妹的生活。柳曦在高中一年级就跟他订婚了。她实际上是卖给了这个男人。怪不道彭振铎觉得柳曦的眉头总有点蹙着（虽然这更增加了她的美的深度），而且那位未婚夫来找她，两人一同往外走她总是和他离得远远的。

这是那位写小说的同学告诉彭振铎的。小说家和柳曦是小同乡，中学同学。

彭振铎很不平了。他要搞一笔钱，让柳曦把那个男人在她身上花的钱全部还清，把自己赎出来，恢复自由。于是他就按月购买航空奖券。他老是梦想他中了头奖，把二百五十万元连同那一册诗文一起捧给柳曦。这些诗文都是写给柳曦的。柳曦感动了，流了眼泪。投在他的怀里。

彭振铎的表哥又来了。彭振铎去看表哥，顺便买了一条航空奖券。到了爱群旅社，适逢表哥因事外出，留字请他少候。彭振铎躺在床上看书。房门开着。

彭振铎看见两个人从门外走过，是柳曦和她的未婚夫！他们走进隔壁的房间。不大一会儿，就听见柳曦的放浪的笑声。

彭振铎如遭电殛。

他觉得心里很不是滋味。

而且他渐渐觉得柳曦的不幸的身世、勉强的婚姻，都是那个写小说的同学编出来的。这个玩笑开得可太大了！

他怎么坐得住呢？只有走。

他回到宿舍，把那一册诗文翻出来看看。他并没有把它们烧掉。这些诗文虽然几乎篇篇都有柳，柳风、柳影、柳絮、杨花、浮萍……但并未点出柳曦的名字。留着，将来有机会献给另外一个人，也还是可以的。

航空奖券，他还是按月买，因为已经成了习惯。

一九八二年二月二日

职　业

　　文林街一年四季,从早到晚,有各种吆喝叫卖的声音。街上的居民铺户、大人小孩、大学生、中学生、小学生、小教堂的牧师,和这些叫卖的人自己,都听得很熟了。

　　"有旧衣烂衫找来卖!"

　　我一辈子也没有听见过这么脆的嗓子,就像一个牙口极好的人咬着一个脆萝卜似的。这是一个中年的女人,专收旧衣烂衫。她这一声真能喝得千门万户开,声音很高,拉得很长,一口气。她把"有"字切成了"一——尤",破空而来,传得很远(她的声音能传半条街)。"旧衣烂衫"稍稍延长,"卖"字有余不尽:

　　"一——尤旧衣烂衫……找来卖……"

---

*　初刊于《文汇月刊》一九八三年第五期,初收于《晚饭花集》。

"有人买贵州遵义板桥的化风丹……?"

我从此人的吆喝中知道了一个一般地理书上所不载的地名:板桥,而且永远也忘不了,因为我每天要听好几次。板桥大概是一个镇吧,想来还不小。不过它之出名可能就因为出一种叫化风丹的东西。化风丹大概是一种药吧?这药是治什么病的?我无端地觉得这大概是治小儿惊风的。昆明这地方一年能销多少化风丹?我好像只看见这人走来走去,吆喝着,没有见有人买过他的化风丹。当然会有人买的,否则他吆喝干什么。这位贵州老乡,你想必是板桥的人了,你为什么总在昆明呆着呢?你有时也回老家看看么?

黄昏以后,直至夜深,就有一个极其低沉苍老的声音,很悲凉地喊着:

"壁虱药!虼蚤药!"

壁虱即臭虫。昆明的跳蚤也是真多。他这时候出来吆卖是有道理的。白天大家都忙着,不到快挨咬,或已经挨咬的时候,想不起买壁虱药、虼蚤药。

有时有苗族的少女卖杨梅、卖玉麦粑粑。

"卖杨梅——!"

"玉麦粑粑——!"

她们都是苗家打扮,戴一个绣花小帽子,头发梳得光光的,衣服干干净净的,都长得很秀气。她们卖的杨梅很大,颜色红得发黑,叫做"火炭梅",放在竹篮里,下面衬着新鲜的绿叶。玉麦粑粑是嫩玉米磨制成的粑粑(昆明人叫玉米为包谷,苗人叫玉麦),下一点盐,蒸熟(蒸出后粑粑上还明显地保留着拍制时的手指印痕),包在玉米的嫩皮里,味道清香清香的。这些苗族女孩子把山里的夏天和初秋带到了昆明的街头了。

……

在这些耳熟的叫卖声中,还有一种,是:

"椒盐饼子西洋糕!"

椒盐饼子,名副其实:发面饼,里面和了一点椒盐,一边稍厚,一边稍薄,形状像一把老式的木梳,是在铛上烙出来的,有一点油性,颜色黄黄的。西洋糕即发糕,米面蒸成,状如莲蓬,大小亦如之,有一点淡淡的甜味。放的是糖精,不是糖。这东西和"西洋"可以说是毫无瓜葛,不知道何以命名曰"西洋糕"。这两种食品都不怎么诱人。淡而无味,虚泡不实。买椒盐饼子的多半是老头,他们穿着土布衣裳,喝着大叶清茶,抽金堂叶子烟,泛览周王传,流观山海图,一边嚼着这种古式的点心,自得其乐。西洋糕则多是老太太叫住,买给她的小孙子吃。这玩意好消化,不伤人,下肚没多少东西。当然也有其他的人买了充饥,比如拉车的,赶马的马锅头[1]，在茶馆里打扬琴说书的瞎子……

卖椒盐饼子西洋糕的是一个孩子。他斜挎着一个腰圆形的扁浅木盆，饼子和糕分别放在木盆两侧，上面盖一层白布，白布上放一饼一糕作为幌子，从早到晚，穿街过巷，吆喝着：

"椒盐饼子西洋糕！"

这孩子也就是十一二岁，如果上学，该是小学五六年级。但是他没有上过学。

我从侧面约略知道这孩子的身世。非常简单。他是个孤儿，父亲死得早。母亲给人家洗衣服。他还有个外婆，在大西门外摆一个茶摊卖茶，卖葵花子，他外婆还会给人刮痧、放血、拔罐子，这也能得一点钱。他长大了，得自己挣饭吃。母亲托人求了糕点铺的杨老板，他就作了糕点铺的小伙计。晚上发面，天一亮就起来烧火，帮师傅蒸糕、打饼，白天挎着木盆去卖。

"椒盐饼子西洋糕！"

这孩子是个小大人！他非常尽职，毫不贪玩。遇有唱花灯的、耍猴的、耍木脑壳戏的，他从不挤进人群去看，只是找一个有荫凉、引人注意的地方站着，高声吆喝：

"椒盐饼子西洋糕！"

每天下午，在华山西路、逼死坡前要过龙云的马。这些

---

[1] 马锅头是马帮的赶马人。不知道为什么叫马锅头。

马每天由马夫牵到郊外去蹓,放了青,饮了水,再牵回来。他每天都是这时经过逼死坡(据说这是明建文帝被逼死的地方[1]),他很爱看这些马。黑马、青马、枣红马。有一匹白马,真是一条龙,高腿狭面,长腰秀颈,雪白雪白。它总不好好走路。马夫拽着它的嚼子,它总是骡骡骧骧的。钉了蹄铁的马蹄踏在石板上,郭答郭答。他站在路边看不厌,但是他没有忘记吆喝:

"椒盐饼子西洋糕!"

饼子和糕卖给谁呢?卖给这些马吗?

他吆喝得很好听,有腔有调。若是谱出来,就是:

| # 5̲ 5̲ 6 -- | 5̲ 3̲ 2͡ -- ‖

　　椒盐饼子　　西洋 糕

放了学的孩子(他们背着书包),也觉得他吆喝得好听,爱学他。但是他们把字眼改了,变成了:

| # 5̲ 5̲ 6 -- | 5̲ 3̲ 2͡ -- ‖

　　捏着鼻子——吹洋号

昆明人读"饼"字不走鼻音,"饼子"和"鼻子"很相近。他在前面吆喝,孩子们在他身后摹仿:

"捏着鼻子吹洋号!"

这又不含什么恶意,他并不发急生气,爱学就学吧。这

1　原文如此。据史实"明建文帝"应为"明永历帝"。——编者注

些上学的孩子比卖糕饼的孩子要小两三岁,他们大都吃过他的椒盐饼子西洋糕。他们长大了,还会想起这个"捏着鼻子吹洋号",俨然这就是卖糕饼的小大人的名字。

这一天,上午十一点钟光景,我在一条巷子里看见他在前面走。这是一条很长的、僻静的巷子。穿过这条巷子,便是城墙,往左一拐,不远就是大西门了。我知道今天是他外婆的生日,他是上外婆家吃饭去的(外婆大概炖了肉)。他妈已经先去了。他跟杨老板请了几个小时的假,把卖剩的糕饼交回到柜上,才去。虽然只是背影,但看得出他新剃了头(这孩子长得不难看,大眼睛,样子挺聪明),换了一身干净衣裳。我第一次看到这孩子没有挎着浅盆,散着手走着,觉得很新鲜。他高高兴兴,大摇大摆地走着。忽然回过头来看看。他看到巷子里没有人(他没有看见我,我去看一个朋友,正在倚门站着),忽然大声地、清清楚楚地吆喝了一声:

"捏着鼻子吹洋号!……"

(这是三十多年前在昆明写过的一篇旧作,原稿已失去。前年和去年都改写过,这一次是第三次重写了。一九八二年六月二十九日记)

小说三篇

求 雨

昆明栽秧时节通常是不缺雨的。雨季已经来了,三天两头地下着。停停,下下;下下,停停。空气是潮湿的,洗的衣服当天干不了。草长得很旺盛。各种菌子都出来了。青头菌、牛肝菌、鸡油菌……稻田里的泥土被雨水浸得透透的,每块田都显得很膏腴,很细腻。积蓄着的薄薄的水面上停留着云影。人们戴着斗笠,把新拔下的秧苗插进稀软的泥里……

但是偶尔也有那样的年月,雨季来晚了,缺水,栽不下秧。今年就是这样。因为通常不缺雨水,这里的农民都不预

＊初刊于《钟山》一九八三年第四期,初收于《晚饭花集》。

备龙骨水车。他们用一个戽斗,扯动着两边的绳子,从小河里把浑浊的泥浆一点一点地浇进育苗的秧田里。但是这一点点水,只能保住秧苗不枯死,不能靠它插秧。秧苗已经长得过长了,再不插就不行了。然而稻田里却是干干的。整得平平的田面,晒得结了一层薄壳,裂成一道一道细缝。多少人仰起头来看天,一天看多少次。然而天蓝得要命。天的颜色把人的眼睛都映蓝了。雨呀,你怎么还不下呀!雨呀,雨呀!

望儿也抬头望天。望儿看看爸爸和妈妈,他看见他们的眼睛是蓝的。望儿的眼睛也是蓝的。他低头看地,他看见稻田[1]里的泥面上有一道一道螺蛳爬过的痕迹。望儿想了一个主意:求雨。望儿昨天看见邻村的孩子求雨,他就想过:我们也求雨。

他把村里的孩子都叫在一起,找出一套小锣小鼓,就出发了。

一共十几个孩子,大的十来岁,最小的一个才六岁。这是一个枯瘦、褴褛、有些污脏的,然而却是神圣的队伍。他们头上戴着柳条编成的帽圈,敲着不成节拍的、单调的小锣小鼓:冬冬当,冬冬当……他们走得很慢。走一段,敲锣的望儿把锣槌一举,他们就唱起来:

---

1 初刊本、初版本均为"稻",据上下文意改为"稻田"。——编者注

小小儿童哭哀哀,

撒下秧苗不得栽。

巴望老天下大雨,

乌风暴雨一起来。

调子是非常简单的,只是按照昆明话把字音拉长了念出来。他们的声音是凄苦的,虔诚的。这些孩子都没有读过书。他们有人模模糊糊地听说过有个玉皇大帝,还有个龙王,龙王是管下雨的。但是大部分孩子连玉皇大帝和龙王也不知道。他们只知道天,天是无常的。它有时对人很好,有时却是无情的,它的心很狠。他们要用他们的声音感动天,让它下雨。

(这地方求雨和别处不大一样,都是利用孩子求雨。所以望儿他们能找出一套小锣小鼓。大概大人们以为天也会疼惜孩子,会因孩子的哀求而心软。)

他们戴着柳条圈,敲着小锣小鼓,歌唱着,走在昆明的街上。

小小儿童哭哀哀,

撒下秧苗不得栽。

巴望老天下大雨,

乌风暴雨一起来。

过路的行人放慢了脚步,或者干脆停下来,看着这支幼小的、褴褛的队伍。他们的眼睛也是蓝的。

望儿的村子在白马庙的北边。他们从大西门，一直走过华山西路、金碧路，又从城东的公路上走回来。

他们走得很累了。他们都还很小。就着泡辣子，吃了两碗包谷饭，就都爬到床上睡了。一睡就睡着了。

半夜里，望儿叫一个炸雷惊醒了。接着，他听见屋瓦上劈劈啪啪的声音。过了一会，他才意识过来：下雨了！他大声喊起来："爸！妈！下雨啦！"

他爸他妈都已经起来了，他们到外面去看雨去了。他们进屋来了。他们披着蓑衣，戴着斗笠。斗笠和蓑衣上滴着水。

"下雨了！"

"下雨了！"

妈妈把油灯点起来，一屋子都是灯光。灯光映在妈妈的眼睛里。妈妈的眼睛好黑，好亮。爸爸烧了一杆叶子烟，叶子烟的火光映在爸爸的脸上，也映在他的眼睛里。

第二天，插秧了！

全村的男女老少都出来了，到处都是人。

望儿相信，这雨是他们求下来的。

迷　路

我不善于认路。有时到一个朋友家去,或者是朋友自己带了我去,或者是随了别人一同去,第二次我一个人去,常常找不着。在城市里好办,手里捏着地址,顶多是多问问人,走一些冤枉路,最后总还是会找到的。一敲门,朋友第一句话常常是:"啊呀!你怎么才来!"在乡下可麻烦。我住在一个村子里,比如说是王庄吧,到城里去办一点事,再回来,我记得清清楚楚是怎么走的,回来时走进一个样子也有点像王庄的村子,一问,却是李庄!还得李庄派一个人把我送到王庄。有一个心理学家说不善于认路的人,大都是意志薄弱的人。唉,有什么办法呢!

一九五一年,我参加土改,地点在江西进贤。这是最后一批土改,也是规模最大的一次土改。参加的人数很多,各色各样的人都有。有干部、民主人士、大学教授、宗教界的信徒、诗人、画家、作家……相当一部分是统战对象。让这些人参加,一方面是工作需要,一方面是让这些人参加一次阶级斗争,在实际工作中锻炼锻炼,改造世界观。

工作队的队部设在夏家庄,我们小组的工作点在王家梁。小组的成员除了我,还有一个从美国回来不久的花腔女高音歌唱家,一个法师。工作队指定,由我负责。王家梁来了一个小伙子接我们。

进贤是丘陵地带，处处是小山包。土质是红壤土，紫红紫红的。有的山是茶山，种的都是油茶，在潮湿多雨的冬天开着一朵一朵白花。有的山是柴山，长满了马尾松。当地人都烧松柴。还有一种树，长得很高大，是梓树。我第一次认识"桑梓之乡"的梓。梓树籽榨成的油叫梓油，虽是植物油，却是凝结的，颜色雪白，看起来很像猪油。梓油炒菜极香，比茶油好吃。田里有油菜花，有紫云英。我们随着小伙子走着。这小伙子常常行不由径，抄近从油茶和马尾松丛中钻过去。但是我还是暗暗地记住了从夏家庄走过来的一条小路。南方的路不像北方的大车路那样平直而清楚，大都是弯弯曲曲的，有时简直似有若无。我们一路走着，对这片陌生的土地觉得很新鲜，为我们将要开展的斗争觉得很兴奋，又有点觉得茫茫然，——我们都没有搞过土改，有一点像是在做梦。不知不觉的，王家梁就到了。据小伙子说，夏家庄到王家梁有二十里。

法师法号静溶。参加土改工作团学习政策时还穿着灰色的棉直裰，好容易才说服他换了一身干部服。大家叫他静溶或静溶同志。他笃信佛法，严守戒律，绝对吃素，但是斗起地主来却毫不手软。我不知道他是怎样把我佛慈悲的教义和阶级斗争调和起来的。花腔女高音姓周，老乡都叫她老周，她当然一点都不老。她身上看不到什么洋气,很能吃苦,只是有点不切实际的幻想。她总以为土改应该像大歌剧那样充满激情。事实上真正工作起来,却是相当平淡的。

我们的工作开展得还算顺利。阶级情况摸清楚了,群众不难发动。也不是十分紧张。每天晚上常常有农民来请我们去喝水。这里的农民有"喝水"的习惯。一把瓦壶,用一根棕绳把壶梁吊在椽子上,下面烧着稻草,大家围火而坐。水开了,就一碗一碗喝起来。同时嚼着和辣椒、柚子皮腌在一起的鬼子姜,或者生番薯片。女歌唱家非常爱吃番薯,这使农民都有点觉得奇怪。喝水的时候,我们除了了解情况,也听听他们说说闲话,说说黄鼠狼,说说果子狸,也说说老虎。他们说这一带出过一只老虎,王家梁有一个农民叫老虎在脑袋上拍了一掌,至今头皮上还留着一个虎爪的印子……

到了预定该到队部汇报的日子了,当然应该是我去。我背了挎包,就走了,一个人,准确无误地走到了夏家庄。

回来,离开夏家庄时,已经是黄昏了。不过我很有把握。我记得清清楚楚,从夏家庄一直往北,到了一排长得齐齐的,像一堵墙似的梓树前面,转弯向右,往西北方向走一截,过了一片长满杂树的较高的山包,就望见王家梁了。队部同志本来要留我住一晚,第二天早上再走,我说不行,我和静溶、老周说好了的,今天回去。

一路上没有遇见一个人。太阳已经完全落下去了，青苍苍的暮色，悄悄地却又迅速地掩盖了下来。不过，好了，前面已经看到那一堵高墙似的一排梓树了。

然而，当我沿梓树向右，走上一个较高的山包，向西北一望，却看不到王家梁。前面一无所有，只有无尽的山丘。

我走错了，不是该向右，是该向左？我回到梓树前面，向左走了一截，到高处看看：没有村庄。

是我走过了头，应该在前面就转弯了？我从梓树墙前面折了回去，走了好长一段，仍然没有发现可资记认的东西。我又沿原路走向梓树。

我从梓树出发，向不同方向各走了一截，仍然找不到王家梁。

我对自己说，我迷路了。

天已经完全黑下来了。除了极远的天际有一点暧昧的余光，什么也辨认不清了。

怎么办呢？

我倒还挺有主意：看来只好等到明天早上再说。我攀上一个山包，选了一棵树（不知道是什么树），爬了上去，找到一个可以倚靠的枝枒，准备就在这里过夜了。我掏出烟来，抽了一枝。借着火柴的微光，看了看四周，榛莽丛杂，落叶满山。不到一会，只听见树下面悉悉悉悉……，索索索索索……，不知是什么兽物窜来窜去。听声音，是一些小野兽，可能是黄鼠狼、果子狸，不是什么凶猛的大家伙。我头一次知道山野的黑夜是很不平静的。这些小兽物是不会伤害我的。但我开始感觉在这里过夜不是个事情。而且天也越来越冷了。江西的冬夜虽不似北方一样酷寒，但是早起看宿草上结着的高高的霜花，便知夜间不会很暖和。不行。我想到呼救了。

我爬下树来，两手拢在嘴边，大声地呼喊：

"喂——有人吗——？"

"喂——有人吗——？"

我听见自己的声音传得很远。

然而没有人答应。

我又喊：

"喂——有人吗——？"

我听见几声狗叫。

我大踏步地，笔直地向狗叫的方向走去。

我不知道脚下走过的是什么样的树丛、山包，我走过一大片农田，田里一撮一撮干得发脆的稻桩，我跳过一条小河，笔直地，大踏步地走去。我一遇到事，没有一次像这样不慌张，这样冷静，这样有决断。我看见灯光了！

狗激烈地叫起来。

一盏马灯。马灯照出两个人。一个手里拿着梭镖（我明白,这是值夜的民兵),另一个,是把我们从夏家庄领到王家梁的小伙子!

"老汪!你!"

这是距王家梁约有五里的另一个小村子,叫顾家梁,小伙子是因事到这里来的。他正好陪我一同回去。

"走!老汪!"

到了王家梁,几个积极分子正聚在一家喝水。静溶和老周一见我进门,腾地一下子站了起来。他们的眼睛分明写着两个字:老虎。

卖蚯蚓的人

我每天到玉渊潭散步。

玉渊潭有很多钓鱼的人。他们坐在水边,瞅着水面上的飘子。难得看到有人钓到一条二三寸长的鲫瓜子。很多人一坐半天,一无所得。等人、钓鱼、坐牛车,这是世间"三大慢"。这些人真有耐性。各有一好。这也是一种生活。

在钓鱼的旺季,常常可以碰见一个卖蚯蚓的人。他慢慢地蹬着一辆二六的旧自行车,有时扶着车慢慢地走着。走一截,扬声吆唤:

"蚯蚓——蚯蚓来——"

"蚯蚓——蚯蚓来——"

有的钓鱼的就从水边走上堤岸,向他买。

"怎么卖?"

"一毛钱三十条。"

来买的掏出一毛钱,他就从一个原来是装油漆的小铁桶里,用手抓出三十来条,放在一小块旧报纸里,交过去。钓鱼人有时带点解嘲意味,说:

"一毛钱,玩一上午!"

有些钓鱼的人只买五分钱。

也有人要求再添几条。

"添几条就添几条,一个这东西!"

蚯蚓这东西,泥里咕叽,原也难一条一条地数得清,用北京话说,"大概其",就得了。

这人长得很敦实,五短身材,腹背都很宽厚。这人看起来是不会头疼脑热、感冒伤风的,而且不会有什么病能轻易地把他一下子打倒。他穿的衣服都是宽宽大大的,旧的,褪了色,而且带着泥渍,但都还整齐,并不褴褛,而且单夹皮棉,按季换衣。——皮,是说他入冬以后的早晨有时穿一件出锋毛的山羊皮背心。按照老北京人的习惯,也可能是为了便于骑车,他总是用带子扎着裤腿。脸上说不清是什么颜色,只看到风、太阳和尘土。只有有时他剃了头,刮了脸,才看到本来的肤色。新剃的头皮是雪白的,下边是一张红脸。看起来就像是一件旧铜器在盐酸水里刷洗了一通,刚刚拿出来一样。

因为天天见,面熟了,我们碰到了总要点点头,招呼招呼,寒暄两句。

"吃啦?"

"您溜弯儿!"

有时他在钓鱼人多的岸上把车子停下来,我们就说会子话。他说他自己:"我这人——爱聊。"

我问他一天能卖多少钱。

"一毛钱三十条,能卖多少!块数来钱,两块,闹好了有时能卖四块钱。"

"不少!"

"凑合吧。"

我问他这蚯蚓是哪里来的,"是挖的?"

旁边有一位钓鱼的行家说:

"是烹的。"

这个"烹"字我不知道该怎么写,只能记音。这位行家给我解释,是用蚯蚓的卵人工孵化的意思。

"蚯蚓还能'烹'?"

卖蚯蚓的人说：

"有'烹'的，我这不是，是挖的。'烹'的看得出来，身上有小毛，都是一般长。瞧我的：有长有短，有大有小，是挖的。"

我不知道蚯蚓还有这么大的学问。

"在哪儿挖的，就在这玉渊潭？"

"不！这儿没有。——不多。丰台。"

他还告诉我丰台附近的一个什么山，山根底下，那儿出蚯蚓，这座山名我没有记住。

"丰台？一趟不得三十里地？"

"我一早起蹬车去一趟，回来卖一上午。下午再去一趟。"

"那您一天得骑百十里地的车？"

"七十四了，不活动活动成吗！"

他都七十四了！真不像。不过他看起来像多少岁，我也说不上来。这人好像是没有岁数。

"您一直就是卖蚯蚓？"

"不是！我原来在建筑上，——当壮工。退休了。退休金四十几块，不够花的。"

我算了算，连退休金加卖蚯蚓的钱，有百十块钱，断定他一定爱喝两盅。我把手圈成一个酒杯形，问：

"喝两盅?"

"不喝。——烟酒不动!"

那他一个月的钱一个人花不完,大概还会贴补儿女一点。

"我原先也不是卖蚯蚓的。我是挖药材的。后来药材公司不收购,才改了干这个。"

他指给我看:

"这是益母草,这是车前草,这是红苋草,这是地黄,这是豨莶……这玉渊潭到处是钱!"

他说他能认识北京的七百多种药材。

"您怎么会认药材的?是家传?学的?"

"不是家传。有个街坊,他挖药材,我跟着他,用用心,就学会了。——这北京城,饿不死人,你只要肯动弹,肯学!你就拿晒槐米来说吧——"

"槐米?"我不知道槐米是什么,真是孤陋寡闻。

"就是没有开开的槐花骨朵,才米粒大。晒一季槐米能闹个百儿八十的。这东西外国要,不知道是干什么用,听说是酿酒。不过得会晒。晒好了,碧绿的!晒不好,只好倒进垃圾堆。——蚯蚓!——蚯蚓来!"

我在玉渊潭散步,经常遇见的还有两位,一位姓乌,一位姓莫。乌先生在大学当讲师,莫先生是一个研究所的助理研究员。我跟他们见面也点头寒暄。他们常常发一些很有学问的议论,很深奥,至少好像是很深奥,我听不大懂。他们都是好人,不是造反派,不打人,但是我觉得他们的议论有点不着边际。他们好像是为议论而议论,不是要解决什么问题,就像那些钓鱼的人,意不在鱼,而在钓。

乌先生听了我和卖蚯蚓人的闲谈,问我:

"你为什么对这样的人那样有兴趣?"

我有点奇怪了。

"为什么不能有兴趣?"

"从价值哲学的观点来看,这样的人属于低级价值。"

莫先生不同意乌先生的意见。

"不能这样说。他的存在就是他的价值。你不能否认他的存在。"

"他存在。但是充其量,他只是我们这个社会的填充物。"

"就算是填充物,填充物也是需要的。'填充',就说明他的存在的意义。社会结构是很复杂的,你不能否认他也是社会结构的组成部分,哪怕是极不重要的一部分。就像自然界的需要维持生态平衡,我们这个社会也需要有生态平衡。从某种意义来说,这种人也是不可缺少的。"

"我们需要的是走在时代前面的人,呼啸着前进的,身上带电的人！而这样的人是历史的遗留物。这样的人生活在现在，和生活在汉代没有什么区别，——他长得就像一个汉俑。"

我不得不承认，他对这个卖蚯蚓人的形象描绘是很准确且生动的。

乌先生接着说：

"他就像一具石磨。从出土的明器看，汉代的石磨和现在的没有什么不同。现在已经是原子时代——"

莫先生抢过话来，说：

"原子时代也还容许有汉代的石磨，石磨可以磨豆浆，——你今天早上就喝了豆浆！"

他们争执不下，转过来问我对卖蚯蚓的人的"价值"、"存在"有什么看法。

我说：

"我只是想了解了解他。我对所有的人都有兴趣，包括站在时代的前列的人和这个汉俑一样的卖蚯蚓的人。这样的人在北京还不少。他们的成分大概可以说是城市贫民。糊火柴盒的、捡破烂的、捞鱼虫的、晒槐米的……我对他们都有兴趣，都想了解。我要了解他们吃什么和想什么。用你们的话说，是他们的物质生活和精神生活。吃什么，我知道一点。比如这个卖蚯蚓的老人，我知道他的胃口很好，吃什么都香。他一嘴牙只有一个活动的。他的牙很短、微黄,这种牙最结实,北方叫做'碎米牙',他说:'牙好是口里的福。'我知道他今天早上吃了四个炸油饼。他中午和晚上大概常吃炸酱面,一顿能吃半斤,就着一把小水萝卜。他大概不爱吃鱼。至于他想些什么,我就不知道了,或者知道得很少。我是个写小说的人,对于人,我只能想了解、欣赏,并对他进行描绘,我不想对任何人作出论断。像我的一位老师一样,对于这个世界,我所倾心的是现象。我不善于作抽象的思维。我对人,更多地注意的是他的审美意义。你们可以称我是一个生活现象的美食家。这个卖蚯蚓的粗壮的老人,骑着车,吆喝着'蚯蚓——蚯蚓来!'不是一个丑的形象。——当然,我还觉得他是个善良的,有古风的自食其力的劳动者,他至少不是社会的蛀虫。"

这时忽然有一个也常在玉渊潭散步的学者模样的中年人插了进来,他自我介绍:

"我是一个生物学家。——我听了你们的谈话。从生物学的角度,是不应鼓励挖蚯蚓的。蚯蚓对农业生产是有益的。"

我们全都傻了眼了。

一九八三年四月一日写成

日　规

　　西南联大新校舍对面是"北院"。北院是理学院区。一个狭长的大院，四面有夯土版筑的围墙。当中是一片长方形的空场。南北各有一溜房屋，土墙，铁皮房顶，是物理系、化学系和生物系的办公室、教室和实验室。房前有一条土路，路边种着一排不高的尤加利树。一览无余，安静而不免枯燥。这里不像新校舍一样有大图书馆、大食堂、学生宿舍。教室里没有风度不同的教授讲授各种引人入胜的课程，墙上，也没有五花八门互相论战的壁报，也没有寻找失物或出让衣物的启事。没有操场，没有球赛。因此，除了理学院的学生，文法学院的学生很少在北院停留。不过他们每天要经过北院。由正门进，出东面的侧门，上一个斜坡，进城墙

＊初刊于《雨花》一九八四年第九期，初收于《汪曾祺自选集》。

缺口。或到"昆中"、"南院"听课，或到文林街坐茶馆，到市里闲逛，看电影……理学院的学生读书多是比较扎实的，不像文法学院的学生放浪不羁，多少带点才子气。记定理、抄公式、画细胞，都要很专心。因此文法学院的学生走过北院时都不大声讲话，而且走得很快，免得打扰人家。但是他们在走尽南边的土路，将出侧门时，往往都要停一下：路边开着一大片剑兰！

这片剑兰开得真好！是美国种。别处没有见过。花很大，比普通剑兰要大出一倍。什么颜色的都有。白的、粉的、桃红的、大红的、浅黄的、淡绿的、蓝的、紫得像是黑色的。开得那样旺盛，那样水灵！可是，许看不许摸！这些花谁也不能碰一碰。这是化学系主任高崇礼种的。

高教授是个出名的严格方正、不讲情面的人。他当了多年系主任，教普通化学和有机化学。他的为人就像分子式一样，丝毫通融不得。学生考试，不及格就是不及格。哪怕是考了五十九分，照样得重新补修他教的那门课程。而且常常会像训小学生一样，把一个高年级的学生骂得面红耳赤。这人整天没有什么笑容，老是板着脸。化学系的学生都有点怕他，背地里叫他高阎王。他除了科学，没有任何娱乐嗜好。不抽烟。不喝酒。教授们有时凑在一起打打小麻将，打打桥牌，他绝不参加。他不爱串门拜客闲聊天。可是他爱种花，只种一种：剑兰。

这还是在美国留学时养成的爱好。他在麻省理工学院读化学。每年暑假，都到一家专门培植剑兰的花农的园圃里去做工，挣取一学年的生活费用，因此精通剑兰的种植技术。回国时带回了一些花种，每年还种一些。在北京时就种。学校迁到昆明，他又带了一些花种到昆明来，接着种。没想到昆明的气候土壤对剑兰特别相宜，花开得像美国那家花农的园圃里的一般大。逐年发展，越种越多，长了那样大一片！

可是没有谁会向他要一穗花，因为都知道高阁王的脾气：他的花绝不送人。而且大家知道，现在他的花更碰不得，他的花是要卖钱的！

昆明近日楼有个花市。近日楼外边，有一个水泥砌的圆池子。池子里没有水，是干的。卖花的就带了一张小板凳坐在池子里，把各种鲜花摊放在池沿上卖。晚香玉、缅桂花、康乃馨，也有剑兰。池沿上摆得满满的，色彩缤纷，老远地就闻到了花香。昆明的中产之家，有买花插瓶的习惯。主妇上街买菜，菜篮里常常一头放着鱼肉蔬菜，一头斜放着一束鲜花。花菜一篮，使人感到一片盎然的生意。高教授有一天走过近日楼，看看花市，忽然心中一动。

于是他每天一清早，就从家里走到北院，走进花圃，选择几十穗半开的各色剑兰，剪下来，交给他的夫人，拿到近日楼去卖。他的剑兰花大，颜色好，价钱也不太贵，很快就卖掉了。高太太就喜吟吟地走向菜市场。来时一篮花，归时一篮菜。这样，高教授的生活就提高了不少。他家的饭桌上常见荤腥。星期六还能炖一只母鸡。云南的玉溪鸡非常肥嫩，肉细而汤清。高太太把刚到昆明时买下的，已经弃置墙角多年的汽锅也洗出来了。剑兰是多年生草本，全年开花；昆明的气候又是四季如春，不缺雨水，于是高教授家汽锅鸡的香味时常飘入教授宿舍的左邻右舍。他的两个在读中学的儿女也有了比较整齐的鞋袜。

哪位说：教授卖花，未免欠雅。先生，您可真是站着说话不腰疼！您不知道抗日战争期间，大后方的教授，穷苦到什么程度。您不知道，一位国际知名的化学专家，同时又是对社会学、人类学具有广博知识的才华横溢而性格（在有些人看来）不免古怪的教授，穿的是一双"空前绝后"的布鞋——脚趾和脚跟部位都磨通了。中文系主任，当代散文大师的大衣破得不能再穿，他就买了一件云南赶马人穿的粗毛氆氇一口钟穿在身上御寒，样子有一点像传奇影片里的侠客，只是身材略嫌矮小。原来抽笳立克、555牌香烟的教授多改成抽烟斗，抽本地出的鹿头牌的极其辛辣的烟丝。他们的3B烟斗的接口处多是破裂的，缠着白线。有些著作等身的教授，因为家累过重，无暇治学，只能到中学去兼课。有个治古文字的学者在南纸店挂笔单为人治印。有的教授开书法展览会卖钱。教授夫人也多想法挣钱,贴补家用。有的制作童装,代织毛衣毛裤,有几位哈佛和耶鲁毕业的教授夫人,集资制作西点,在街头设摊出售。因此,高崇礼卖花,全校师生,皆无非议。

大家对这一片剑兰增加了一层新的看法,更加不敢碰这些花了。走过时只是远远地看看,不敢走近,更不敢停留。有的女同学想多看两眼,另一个就会说:"快走,快走!高阎王在办公室里坐着呢!"没有谁会想起干这种恶作剧的事,半夜里去偷掐高教授的一穗花。真要是有人掐一穗,第二天早晨,高教授立刻就会发现。这花圃里有多少穗花,他都是有数的。

只有一个人可以走进高教授的花圃,蔡德惠。蔡德惠是生物系助教,坐办公室。生物系办公室和化学系办公室紧挨着、门对门。蔡德惠和高教授朝夕见面,关系很好。

蔡德惠是一个非常用功的学生。从小学到大学,各门功课都很好。他生活上很刻苦,联大四年,没有在外面兼过一天差。

联大学生的家大都在沦陷区。自从日本人占了越南,滇越铁路断了,昆明和平津沪杭不通邮汇,这些大学生就断绝了经济来源。教育部每月给大学生发一点生活费,叫做"贷金"。"贷金"名义上是"贷"给学生的,但是谁都知道这是永远不会归还的。这实际上是救济金,不知是哪位聪明的官员想出了这样一个新颖别致的名目,大概是觉得救济金听起来有伤大学生的尊严。"贷金"数目很少,每月十四元。货币贬值,物价飞涨,这十四元一直未动。这点"贷金"只够交伙食费,所以联大大部分学生都在外面找一个职业。半工半读,对付着过日子。五花八门,干什么的都有。有的在中学兼课,有的当家庭教师。昆明有个冠生园,是卖广东饭菜点心的。这个冠生园不知道为什么要办一个职工夜校,而且办了几年,联大不少同学都去教过那些广东名厨和糕点师傅。有的到西药房或拍卖行去当会计。上午听课,下午坐在柜台里算账,见熟同学走过,就起身招呼谈话。有的租一间门面,修理钟表。有一位坐在邮局门前为人代写家信。昆明有一个古老的习惯,每到正午时要放一炮,叫做"放午炮"。据说每天放这一炮的,也是联大的一位贵同学!这大概是哪位富于想象力的联大同学造出来的谣言。不过联大学生遍布昆明的各行各业,什么都干,却是事实。像蔡德惠这样没有兼过一天差的,极少。

联大学生兼差的收入,差不多全是吃掉了。大学生的胃口都极好;都很馋。照一个出生在南洋的女同学的说法,这些人的胃口都"像刀子一样",见什么都想吃。也难怪这些大学生那么馋,因为大食堂的伙食实在太坏了!早晨是稀饭,一碟炒蚕豆或豆腐乳。中午和晚上都是大米干饭,米极糙,颜色紫红,中杂不少沙粒石子和耗子屎,装在一个很大的木桶里。盛饭的勺子也是木制的。因此饭粒入口,总带着很重的松木和杨木的气味。四个菜,分装在浅浅的酱色的大碗里。经常吃的是煮芸豆;还有一种不知是什么原料做成的紫灰色像是鼻涕一样的东西,叫做"蘑芋[1]豆腐"。难得有一碗炒猪血(昆明叫"旺子"),几片炒回锅肉(半生不熟,极多猪毛)。这种淡而无味的东西,怎么能满足大学生们的刀子一样的食欲呢?二十多岁的人,单靠一点淀粉和碳水化合物是活不成的,他们要高蛋白,还要适量的动物脂肪!于是联大附近的小饭馆无不生意兴隆。新校舍的围墙外面出现了很多小食摊。这些食摊上的食品真是南北并陈,风味各别。最受欢迎的是一个广东老太太卖的鸡蛋饼:鸡蛋和面,入盐,加大量葱花,于平底锅上煎熟。广东老太太很舍得放猪油,饼在锅里煎得嗞嗞地响,实在是很大的诱惑。煎得之后,两面焦黄,径可一尺,卷而食之,极可解馋。有一家做一种饼,其实也没有什么稀奇,不过就是加了一点白糖的发面饼,但是是用松毛(马尾松的针叶)烤熟的,带一点清香,故有特点。联大的女同学最爱吃这种饼。昆明人把女大学生

---

[1] 初刊本为"芋蘑",从初版本。疑为"魔芋"。——编者注

叫做"摩登",于是这种饼就被叫成"摩登粑粑"。这些"摩登"们常把一个粑粑切开,中夹叉烧肉四两,一边走,一边吃,丝毫不觉得有什么不文雅。有一位贵州人每天挑一副担子来卖馄饨面。他卖馄饨是一边包一边下的。有时馄饨皮包完了,他就把馄饨馅一小疙瘩一小疙瘩拨在汤里下面。有人问他:"你这叫什么面?"这位贵州老乡毫不犹豫地答曰:"桃花面!"……

蔡德惠偶尔也被人拉到米线铺里去吃一碗焖鸡米线,但这样的时候很少。他每天只是吃食堂,吃煮芸豆和"蘑芋豆腐"。四年都是这样。

蔡德惠的衣服倒是一直比较干净整齐的。

联大的学生都有点像是阴沟里的鹅——顾嘴不顾身。女同学一般都还注意外表。男同学里西服革履,每天把裤子脱下来压在枕头下以保持裤线的,也有,但是不多。大多数男大学生都是不衫不履,邋里邋遢。有人裤子破了,找一根白线,把破洞处系成一个疙瘩,只要不露肉就行。蔡德惠可不是这样。

蔡德惠四五年来没有添置过什么衣服,——除了鞋袜。他的衣服都还是来报考联大时从家里带来的。不过他穿得很仔细。他的衣服都是自己洗,而且换洗得很勤。联大新校舍有一个文嫂,专给大学生洗衣服。蔡德惠从来没有麻烦过她。不但是衣服,他连被窝都是自己拆洗,自己做。这在男同学里是很少有的。因此,后来一些同学在回忆起蔡德惠时,首先总是想到蔡德惠在新校舍一口很大的井边洗衣裳,见熟同学走过,就抬起头来微微一笑。他还会做针线活,会裁会剪。一件衬衫的肩头穿破了,他能拆下来,把下摆移到肩头,倒个个儿,缝好了依然是一件完整的衬衫,还能再穿几年。这样的活计,大概多数女同学也干不了。

也许是性格所决定,蔡德惠在中学时就立志学生物。他对植物学尤其感兴趣。到了大学三年级,就对植物分类学着了迷。植物分类学在许多人看来是一门很枯燥的学问,单是背那么多拉丁文的学名,就是一件叫人头疼的事。可是蔡德惠觉得乐在其中。有人问他:"你干嘛搞这么一门干巴巴的学问?"蔡德惠说:"干巴巴的?——不,这是一门很美的科学!"他是生物系的高材生。四年级的时候,系里就决定让他留校。一毕业,他就当了助教,坐办公室。

高崇礼教授对蔡德惠很有好感。蔡德惠算是高崇礼的学生,他选读过高教授的普通化学。蔡德惠的成绩很好,高教授还记得。但是真正使高教授对蔡德惠产生较深印象,是在蔡德惠当了助教以后。蔡德惠很文静。隔着两道办公室的门,一天几乎听不到他的声音。他很少大声说话。干什么事情都是轻手轻脚的,绝不会把桌椅抽屉搞得乒乓乱响。他很勤奋。每天高教授来剪花时候（这时大部分学生都还在高卧），发现蔡德惠已经坐在窗前低头看书，做卡片。虽然在学问上隔着行，高教授无从了解蔡德惠在植物学方面的造诣，但是他相信这个年轻人是会有出息的，这是一个真正做学问的人。高教授也听生物系主任和几位生物系的教授谈起过蔡德惠，都认为他有才能，有见解，将来可望在植物分类学方面取得很高的成就。高教授对这点深信不疑。因此每天高教授和蔡德惠点头招呼，眼睛里所流露的，就不只是亲切，甚至可以说是：敬佩。

高教授破例地邀请蔡德惠去看看他的剑兰。当有人发现高阁王和蔡德惠并肩站在这一片华丽斑斓的花圃里时，不禁失声说了一句："这真是黄河清了！"蔡德惠当然很喜欢这些异国名花。他时常担一担水来，帮高教授浇浇花；用一个小薅锄松松土；用烟叶泡了水除治剑兰的腻虫。高教授很高兴。

蔡德惠简直是钉在办公室里了，他很少出去走走。他交游不广，但是并不孤僻。有时他的杭高老同学会到他的办公室里来坐坐，——他是杭州人，杭高（杭州高中）毕业，说话一直带着杭州口音。他在新校舍同住一屋的外系同学，也有时来。他们来，除了说说话，附带来看蔡德惠采集的稀有植物标本。蔡德惠每年暑假都要到滇西、滇南去采集标本。

像木蝴蝶那样的植物种子，是很好玩的。一片一片，薄薄的，完全像一个蝴蝶，而且一个荚子里密密地挤了那么多。看看这种种子，你会觉得：大自然真是神奇！有人问他要两片木蝴蝶夹在书里当书签，他会欣然奉送。这东西滇西多的是，并不难得。

在蔡德惠那里坐了一会的同学，出门时总要看一眼门外朝南院墙上的一个奇怪东西。这是一个日规。蔡德惠自己做的。所谓"做"，其实很简单，找一点石灰，跟瓦匠师傅借一个抿子，在墙上抹出一个规整的长方形，长方形的正中，垂直着钉进一根竹筷子，——院墙是土墙，是很容易钉进去的。筷子的影子落在雪白的石灰块上，随着太阳的移动而移动。这是蔡德惠的钟表。蔡德惠原来是有一只怀表的，后来坏了，他就一直没有再买，——也买不起。他只要看看筷子的影子，就知道现在是几点几分，不会差错。蔡德惠做了这样一个古朴的日规，一半是为了看时间，一半也是为了好玩，增加一点生活上的情趣。至于这是不是也表示了一种意思：寸阴必惜，那就不知道了。大概没有。蔡德惠不是那种把自己的决心公开表现给人看的人。不过凡熟悉蔡德惠的人，总不免引起一点感想，觉得这个现代古物和一个心如古井的青年学者，倒是十分相称的。人们在想起蔡德惠时，总会很自然地想起这个日规。

蔡德惠病了。不久，死了。死于肺结核。他的身体原来就比较孱弱。

生物系的教授和同学都非常惋惜。

高崇礼教授听说蔡德惠死了，心里很难受。这天是星期六。吃晚饭了，高教授一点胃口都没有。高太太把汽锅鸡端上桌，汽锅盖噗噗地响，汽锅鸡里加了宣威火腿，喷香！高崇礼忽然想起：蔡德惠要是每天喝一碗鸡汤，他也许不会死！这一天晚上的汽锅鸡他一块也没有吃。

蔡德惠死了，生物系暂时还没有新的助教递补上来，生物系主任难得到系里来看看，生物系办公室的门窗常常关锁着。

蔡德惠手制的日规上的竹筷的影子每天仍旧在慢慢地移动着。

一九八四年六月五日初稿，六月七日重写。

抽象的杠杆定律

胡少邦是西南联大一大活宝。他原是航校学生。航校教飞行,都是教官带着。教官先飞,到了一定高度,作一个手势交给学生开。教官推推他,叫他试飞。推了几下,他不动。教官一看,这位老兄睡着了!反应如此之迟钝,怎么能开飞机呢?请吧您哪!他被航校淘汰了,投考了西南联大,读哲学心理系。

虽然离开了航校,他对航空未能忘情。正在上着课,他忽然跑出教室,站在路口,高声喊叫:

"现在已经有了'预行警报',五华山挂了两个红球!"

昆明的防空警报分四种:预行警报、空袭警报、紧急警报、解除警报。后三种都由防空监视机关拉汽笛。空袭警

---

* 初收于北师大版《汪曾祺全集》第二卷。

报一长二短,表示日本飞机已入云南境,有可能到昆明来;紧急警报一长一短,表示日本飞机已经接近昆明;到拉了长音,则表示日本飞机已经轰炸扫射完了,飞回去了。"预行警报"不拉汽笛,只在五华山顶挂出红球,——五华山是昆明的制高点,红球挂出,全城可见。胡少邦正在听课,不知道他是怎么"感觉"到五华山挂了红球的。

他还举行过几次演讲。事前贴出海报:整张的标语纸,画出几栏,左右两栏写明时间、地点,当中一栏较宽,浓墨大书:"学术演讲",题目是"防空常识"。竟然有人去听他的演讲,听完了,还报以掌声!

胡少邦每天都要"表演"。中午饭过,他就表演起来。一是唱歌。他认为唱歌要唱得高,于是拼命高唱,一直唱到声嘶力竭。二是舞单刀。他有一把生锈的单刀,舞得飕飕地,一直舞到大汗淋漓,才抱刀收势,对围观的同学鞠躬致谢。其初有些同学起哄架秧子,鼓励他耍活宝,后来见他每天就是这一套,就不再捧场,他一张嘴嘶喊,就纷纷走散。

胡少邦是个"情种"。日本飞机老是到昆明来轰炸。一有警报,联大同学就都由北面的小门走出去"跑警报"。有时忽然变了天,乌云四合,就要下雨。下了雨,日本飞机就不会来了,大家陆陆续续往回走。胡少邦一马当先,抢在最前面。他这么着急慌忙地赶回去干什么?他到新校舍各个宿舍收集雨伞，抱了两大抱，等在北门旁边，有女同学回来，就送上一把（这时雨已下下来，正好用得着）。

"情种"自然多情。胡少邦认为很多女同学都爱他。他唯恐自己爱得不周到，有疏忽，致使某个女同学伤心流泪，就买了一张重磅图画纸，画了一个很详细清楚的表格，这样可以按计划一一访问。他把这张爱情一览表压在席子下面，时常抽出来审阅。不过有时也觉得可能有点自作多情。他到南院（女生宿舍）去看望某个女同学，看传达室的张妈总是说："小姐不在！"他碰了壁，不死心，心想这不过是女孩子故作姿态而已。也许，他尚无特殊表现，还没有显出他的天才，还没有使女孩子动心。唔，是的，不错！

显露天才的机会来了！学校有个话剧团，要演《北京人》，导演找到他，因为他身材魁伟，而且有一种原始的味道。跟他说："你演最合适！其实是真正的主角，剧名不是叫《北京人》么？"他同意了，跟大家一起去拍剧照。有一个有名的拍人像摄影专家叫高岭梅，在正义路开了一家"高岭梅艺术人像"，昆明多数影剧界的都跟他很熟。他设计了剧照的画面：后面是北京人的齐胸的影子，拍得虚虚的；前面叠印主要人物和戏剧场面，高岭梅不愧是高手，拍出的效果很好。剧照陈列在正义路口，每一幅都有胡少邦的形象，他很得意，上身涂了很厚的油彩、凡士林，也不觉得难受。

不想胡少邦并未因此受到女同学的青睐。有一天吃饭的时候，他又吹嘘有多少女同学爱他，有一个华侨女生叫陈逸华，人很天真，说："胡少邦，你别胡说八道，叫人笑话！"不想胡少邦勃然大怒，说："怎么没有！就拿你来说：你爱我，我不爱你，你就说出这样的话！"气得陈逸华大哭。

胡少邦发现了真理！真理是"抽象的杠杆定律"。其要义是：万事万物，都有一个抽象的杠杆，只要找到杠杆的支点，则万事万物的问题就可迎刃而解，大至二次大战，小至苍蝇之微，皆清澈洞明，了无沾滞。呜呼，少邦悟此秘旨，何其幸也。此上天予少邦者独厚，非人力所可诘究者也。

他著书立说，油印了好多本，遍赠教授同学。他给系主任冯友兰先生也呈献了一本。冯先生对他说：

"胡少邦！你去年哲学概论就不及格，今年再不及格，你就会被开除。你还是好好读书吧，别搞这一套胡说八道！"

我到郊区教了两年书，没有再见到胡少邦。听说他在莲花池冬泳，得了伤寒，死了。

后来又听说，他没有死，他自费到美国留学，现在还在。

故乡无此好湖山

汪曾祺在云南，准确点说，主要是在昆明，住了七年，一九三九到一九四六年。这七年中的大半时间，他是在西南联大的校园中度过的。

汪曾祺回忆西南联大的文字不在少数，他对联大的情感似乎是历久弥新。有趣的是，一直念着母校好处的汪曾祺，当年却因为找不出一条没有破洞的裤子，不好意思去飞虎队报到当翻译，违反了当时大学毕业生必须为军队服务的规定，连毕业证书都没拿到。严格说，他只是西南联大的肄业生。

这却一点儿都没损害汪曾祺对母校的感情。

西南联大是抗战时期由北大、清华和南开三所大学联合成立的，八年时间，学校的设备、条件当然无法与和平时期相比，教授学生生活清贫困苦，却人才辈出。有人甚至认为联大八年，出的人才比北大、清华、南开三十年出的人才都多。为什么？汪曾祺的回答是："自由。"

看汪曾祺的回忆，西南联大是一个怪人、怪事空前集中的地方。这里有绰号"二十年目睹之怪现状"的同学，有在敌人炸弹来袭时留守学校、只为了炖冰糖莲子的怪人，有打着无锡腔把词念一遍就算讲解完毕的先生，有养了只大公鸡和自己同桌吃饭的哲学家……

西南联大的学风，"宽容、坦荡、率真"，简单六个字，汪曾祺推崇了一辈子。他说自己当初之所以选择西南联大，就是因为听说这三所大学特别是北大，学风相当自由，学生上课、考试都很随便，可以吊儿郎当。他就是冲着这"吊儿郎当"来的。

西南联大的自由和宽容成全了汪曾祺，他可以在上课时间随意地泡茶馆，在茶馆里写作甚至完成自己的考试卷，观察各种各样的人和生活；他可以任意选择感兴趣的课程旁听，也可以独自一人"乱七八糟"地看书。

联大的老师们，教给汪曾祺的与其说是具体的知识，不如说是一种为人为学的风采。汪曾祺的笔下，那些学识渊博也各有怪癖的先生，每一个都值得他好好来写一写。联大的老师重报告而轻考试，他们爱惜并尽可能地激发学生们的才气,他们不怕学生的"新"与"怪",只担心平庸。尤其是汪曾祺所在的中文系,它的民主自由风,在联大诸多院系中格外浓重。

"开放",是汪曾祺形容联大中文系精神时曾用到的一个词。他说那时还没有这个词,但确有这个事实。在学风上,联大的"开放"促成了汪曾祺初学写作时的格调,他能够从中西方不同的文学传统中汲取多方营养,这是汪曾祺的幸运。

汪曾祺在"自报家门"时,曾说:"我读的是中国文学系,但是大部分时间是看翻译小说。当时在联大比较时髦的是 A. 纪德,后来是萨特。我二十岁开始发表作品。外国作家我受影响较大的是契诃夫,还有一个西班牙作家阿左林。……我读了一些弗金妮亚·沃尔芙的作品,读了普鲁斯特小说的片段。我的小说有一个时期明显地受了意识流方法的影响。"

汪曾祺初学写作时期的作品明显受到西方文艺思潮的影响,实验意味浓厚。其实不只是他,他的老师辈作家在西南联大开放的校园文化中,都在经历着写作生涯中的"转型":诗人冯至在《十四行集》和《伍子胥》中探讨着纯粹艺术形式和超越性的哲理命题,小说家沈从文在《看虹录》中进行着更为繁复的文体实验,诗人卞之琳转而探索散文化小说的叙事和文体。

成熟作家的转型与初学写作者的实验，都需要文化氛围、文化信息的开放，西南联大的课程设置、教师构成、学术氛围、教学理念……为他们提供了这么一个空间。

汪曾祺就是在这样的空间里，写下了相当一部分收入《邂逅集》里的小说习作，这些习作里，"西南联大"的烙印至为明显，"高邮记忆"同样若隐若现。这两大特质，构成了汪曾祺毕生创作的两大基石。

多年之后，汪曾祺成为回忆西南联大的最重要作家。这些回忆中，散文多而小说少。而少数几篇写昆明与联大的小说，气质仍然独特，不似二十世纪八十年代重写高邮的强调"回到现实主义，回到民族传统"，这些写云南的篇什，依然透着一点儿古怪，一点儿漂泊时代的逸气，还有那种随脚出入的阿索林式的俨然无事。

汪曾祺坚持认为，母校留下的最宝贵财富是"精神方面的东西，是抽象的，是一种气质，一种格调，难于确指，但是这种影响确实存在。如云流水，水流云在"。在昆明的西南联大，给汪曾祺的文学滋养，相对于苏北小县的古典氛围，是一种极大的提升与改造，无怪八十年代的汪曾祺要化用苏轼的诗句来表达这份感怀之情："羁旅天南久未还，故乡无此好湖山。"

这就是汪曾祺,一个生于高邮,却是在联大的特殊气氛中"泡"出来的作家。

杨 早

二〇一九年十一月二十八日

图书在版编目（CIP）数据

鸡毛集 / 汪曾祺著. —杭州：浙江文艺出版社，2020.5（2021.1 重印）
ISBN 978-7-5339-6019-3

Ⅰ.①鸡… Ⅱ.①汪… Ⅲ.①短篇小说－小说集－中国－当代 Ⅳ.① I247.7

中国版本图书馆 CIP 数据核字（2020）第 012222 号

鸡毛集　　汪曾祺　著

出版策划	星汉文章　读蜜传媒				
出版统筹	金马洛	选题策划	李建新	责任编辑	张小苹
装帧设计	生生书房	排版制作	胡亚超	责任印制	张丽敏

出版发行　浙江文艺出版社
网　　址　www.zjwycbs.cn
联系电话　0571-85152727（发行部）
经　　销　浙江省新华书店集团有限公司
印　　刷　浙江新华数码印务有限公司
开　　本　787 毫米 ×1092 毫米　1/32　　字　　数　127 千字
印　　张　7.25　　　　　　　　　　　　　插　　页　4
版　　次　2020 年 5 月第 1 版
印　　次　2021 年 1 月第 2 次印刷
书　　号　ISBN 978-7-5339-6019-3
定　　价　28.00 元

版权所有　违者必究

（如有印装质量问题，请寄承印单位调换）